CADERNO ~~de maldades~~ DO SCORPIO

CADERNO ~~de maldades~~ do SCORPIO

MAiDy LACERDA

ilustrado por Renata de Souza

Copyright © Maidy, 2024
Copyright © Editora Planeta do Brasil, 2024
Todos os direitos reservados.

Preparação: Fernanda França
Revisão: Angélica Andrade e Algo Novo Editorial
Projeto gráfico: Ale Santos
Diagramação: Nine Editorial
Ilustrações de miolo e capa: Renata de Souza

DADOS INTERNACIONAIS DE CATALOGAÇÃO NA PUBLICAÇÃO (CIP)
ANGÉLICA ILACQUA CRB-8/7057

Lacerda, Maidy
  O caderno de maldades do Scorpio / Maidy Lacerda ; ilustrações de Renata de Souza - São Paulo : Planeta do Brasil, 2024.
  304 p. : il.

ISBN 978-85-422-2651-5

1. Literatura infantojuvenil brasileira I. Título II. Souza, Renata de

24-1191   CDD 028.5

Índice para catálogo sistemático:
1. Literatura infantojuvenil brasileira

Ao escolher este livro, você está apoiando o manejo responsável das florestas do mundo

2024
Todos os direitos desta edição reservados à
Editora Planeta do Brasil Ltda.
Rua Bela Cintra, 986, 4º andar — Consolação
São Paulo — SP — 01415-002
www.planetadelivros.com.br
faleconosco@editoraplaneta.com.br

Este caderno contém um feitiço poderoso **antiprincesa Amora** lançado por mim. Sabe como é, se ela lesse tudo deste diário seria um desastre desastrófico, então ela só consegue ler algumas coisinhas ***hihi***

Se você não é a Princesa Amora, siga em frente, você vai conseguir ler tudo. A única pessoa em apuros aqui sou eu, por ter espalhado por aí os segredos segredísticos dele... (Espero que ele <u>nunca</u> descubra)

E caso você não saiba, **Aldemiro Segundo** tem um segredo para contar:

SIM, a <u>Florentina</u> e a <u>Princesa Amora</u> são a mesma pessoa, não é pirimposo? E se você nunca leu o diário da Amora, leia *O Diário de uma Princesa Desastrada*...

O que eu posso fazer? Eu amo espalhar diários!

Floreante Viajante

com a minha ajuda, claro! - Maidy

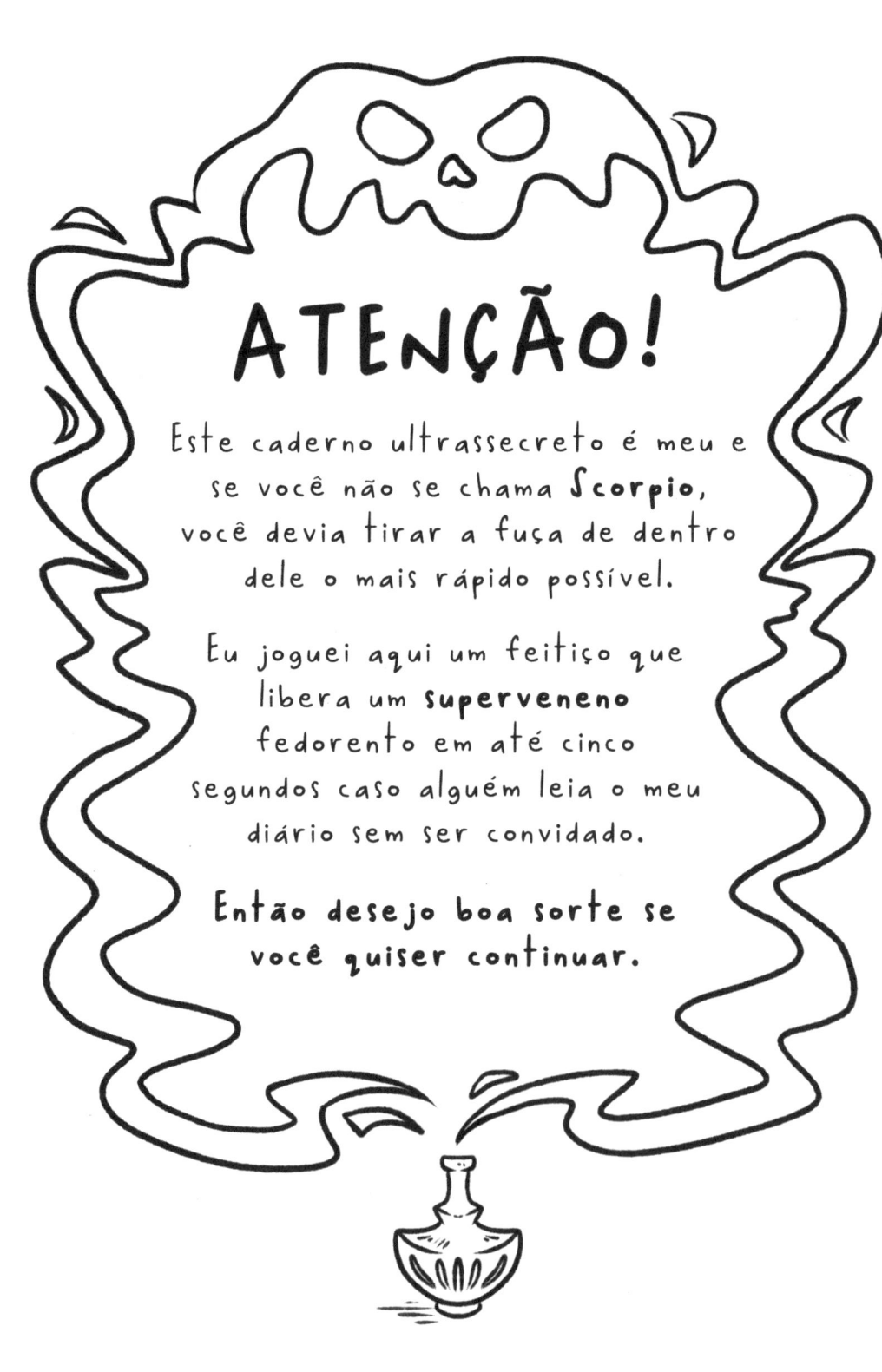

****ATUALiZAÇÃO:

Se seu nome for **Florentina** e você tiver um penteado **FEiOSO** de corasão, saiba que você está banida para sempre deste caderno.

NUNCA VOU ESQUECER O QUE VOCÊ FEZ!!!!!

SÁBADO - 15 DE JANEIRO

Oi, troço,

Não sei se te chamo de diário, porque apesar de a minha vida ser muito agitada, não quero escrever aqui todo dia, mas também falar "Oi, caderno" é meio estranho, parece que eu não tenho amigos.

Então vou te chamar de **troço**.

Quem me deu a ideia de escrever nessa coisa foi um amigo meu, o Floreante Viajante, mas eu já estou me arrependendo **(nem sei por que continuo ouvindo seus conselhos).**

Aldemiro é um dos **gnomos** dele

Eu nem faço ideia do que escrever, mas aquele ali do lado sou eu.

Não sei se você sabe o que é **Florentia**, mas é o reino onde eu moro e eu **ODEIO** aqui. Esse lugar é rodeado por flores venenosas, então ninguém pode sair ou entrar no reino senão já era.

Só que a coisa que eu mais odeio nesse reino é o fato de que eu deveria ser o **príncipe**! E vamos combinar...

Eu seria o príncipe mais incrível e bonitão de todos!

(Não é que o Floreante estava certo? Escrever nesse troço até que é legal.)

Tudo começou com a minha mãe. Ela é a cantora mais famosa do reino, faz vários shows, aparece direto na televisão e até ganhou uns prêmios bem legais.

A MELHOR CANTORA DO REINO:

Todo mundo a conhece como **Rainha Noturna**, mas a verdade que quase ninguém sabe é que ela é a Princesa Pandora. Assim, é ela quem deveria ser a rainha desse reino, mas essa história não teve um final feliz.

A mãe dela, a Grã-Rainha Edwina, é um monstro (acho que tô ofendendo os monstros dizendo isso), mas você vai ter que concordar comigo: ela jogou os filhos nas flores venenosas do nosso reino apenas por causa de uma profecia boba.

Ela consegue ver o futuro, então sempre acha que é a mais poderosa e dona da razão. **Chata**.

Depois conto isso com mais detalhes, mas a minha mãe conseguiu sobreviver ao veneno das flores, diferentemente do irmão gêmeo dela.

Ela era apenas uma criança quando perdeu tudo que conhecia e foi por isso que ela virou uma vilã. Na verdade, ainda vai virar, o plano está só começando.

E eu sou o ajudante da vilã

O que eu posso fazer? Os vilões são os mais maneiros. Raramente temos finais felizes, mas muita gente vai concordar que nós somos os mais legais.

Na verdade, há um tempo minha mãe só queria esquecer tudo isso, mas nas últimas semanas ela começou a montar um baita plano para recuperar o reino e vingar o irmão.

Como eu amo planos, resolvi ajudar e hoje mesmo ela me deu a maior missão de todas: descobrir quem é a Princesa Amora.

E EU iMAGiNO QUE ELA SEJA ASSiM

A Princesa Amora é meio que um enigma no nosso reino. Ela é a herdeira do trono de Florentia, a filha mais velha da Rainha Stena, e todo mundo sabe que ela existe, porém ela **NUNCA** apareceu.

Todo o reino diz que ela fica presa na torre mais alta do castelo porque existe uma maldição que a impede de viver como uma princesa normal.

Essa parte da maldição é verdade, foi minha mãe que a amaldiçoou e essa história é muito boa. *hehe*

Bom, quando a pooobre princesinha nasceu, ela estava doente e a minha mãe usou seus poderes para salvar a vida dela, mas em troca jogou uma maldição no bebê.

Se ela revelasse o rosto, toda destruição retornaria. E é por isso que a Princesa Amora não pode revelar quem é, senão, a maldição da minha mãe vai se realizar.

Mas eu tenho **CERTEZA** de que ela tem um disfarce e de que finge que é uma garota comum, vivendo no meio de nós sem ninguém perceber.

A minha mãe só a viu quando ela era uma bebezinha, enrolada em uma manta, sem cabelo e babando sem parar. Então ela não imagina como a princesa está hoje em dia, onze anos depois, e essa é a minha missão agora: **descobrir quem a princesa finge ser.**

Eu não fazia ideia do que escrever aqui, mas agora eu sei: esse vai ser meu caderno de vilão e vou escrever aqui todos os meus planos para encontrar a Princesa Amora.

Ela não vai se esconder mais!

DOMINGO - 16 DE JANEIRO

Oi, troço,

Não vai se achando só porque eu escrevi aqui dois dias seguidos, é só porque lembrei que não contei muita coisa sobre a minha vida.

E ela é incrível, cheia de segredos e mistérios, então você vai querer saber de tudo. Inclusive olha só a minha mansão:

Mansão Sombria

Num lugar bem legal e sombrio

Com uns **crocodilos bravos** que protegem a casa

Essa mansão na verdade é da família do meu pai. Ele se chamava **Orion Diabrotic**, mas ficou doente quando eu era bebezinho, então não me lembro de nada.

Tudo que sei é que ele tinha o poder de mudar de forma e acabou dando esse poder para a minha mãe, antes de se despedir de nós para sempre.

Como minha mãe pegou o poder dele? Bom, ela tem o raro dom de absorver os poderes das pessoas só de tocar nelas.

Então a minha mãe pegou o poder do meu pai e, desde então, pode se transformar em qualquer pessoa que ela quiser. Aliás, é muito divertido quando ela se transforma em mim para zombar da minha cara.

Ela usa um colar de flor para eu saber que é ela

Às vezes até parece que eu tenho um irmão gêmeo, então finjo que ele se chama Scott para entrar na brincadeira da minha mãe e irritá-la também.

Bom, já sobre o resto da minha família, não conheço ninguém. Só sei que tenho uma prima da minha idade por parte de pai, mas nem sei o nome dela. Essa prima mora longe.

Aposto que ela é chata.

E agora a segunda coisa incrível sobre mim: eu tenho um **crocodilo**. Eu sei, eu sou o vilão mais legal de todos.

Viu, um **crocodilo** mesmo!!!

Eu o encontrei há umas semanas perdido e chorando no meio do pântano, não sei se eram lágrimas de crocodilo, mas fiquei com pena e o trouxe para casa.

Acho que ele não tinha pais.

O Floreante Viajante que me ajudou com tudo, porque eu não fazia ideia de como cuidar de um crocodilo.

O Floreante Viajante é tipo um irmão mais velho misturado com um amigo imaginário.

Ele é incrível, todo misterioso, um dos grandes segredos de Florentia, já que ninguém do reino sabe muito sobre ele. Ele sempre some e aparece em lugares aleatórios, mas todo dia vem conversar comigo.

Só que só eu posso vê-lo. Não, ele não é um fantasma, mas sempre que minha mãe ou outra pessoa aparece, ele se esconde.

Até parece que ele tem medo de pessoas.

E, bom, meu crocodilo se chama **Crocky**. O Floreante queria que ele se chamasse **Crocoberto** (horrível, eu sei).

O Crocky está aqui há pouco tempo, mas já aprontou todas. Um dia, invadiu o estúdio da minha mãe e mastigou o microfone favorito dela.

Outro dia, o Crocky comeu todo o meu dever de casa, mas ainda bem que eu sou o favorito da professora e ela me deixou entregar no dia seguinte.

> Foi meio estranho ter que explicar que meu crocodilo de estimação comeu o meu dever

Por essas e outras confusões, o Crocky não pode sair dos limites da mansão, então quando eu vou para escola, é o **Senhor Amargus** quem cuida dele.

O Senhor Amargus é a única pessoa que trabalha aqui em casa. Não deixe o nome dele te assustar, porque, na verdade, ele não é amargo e é uma ótima pessoa.

Ele quem me leva para a escola desde sempre, faz o café da manhã e, apesar de o Crocky ser um desastre, o Senhor Amargus adora cuidar dele.

A minha coisa favorita sobre o Senhor Amargus é que ele ama invenções, assim como eu, então às vezes eu passo as tardes no galpão dele criando mais e mais invenções incríveis.

Hoje mesmo a gente vai criar uma máquina ultra-antiespirros, e a minha ideia é assim:

Se alguém espirrar, o papel desce e limpa o **nariz** da pessoa

Vou lá, porque eu estou cheio de ideias!

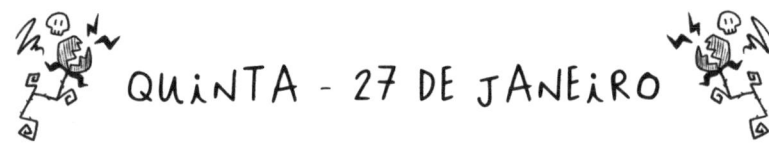
QUINTA - 27 DE JANEIRO

Oi, troço,

A FLORENTINA É UMA SEM NOÇÃO!

Florentina é uma menina da minha sala, meio viajada das ideias, tipo o Floreante, só que de um jeito **MUITO RUIM**.

Ela é chata, irritante, metida, tem um cabelo roxo até demais (o que me dá dor de cabeça) e usa umas roupas muito coloridas (o que faz minha cabeça doer ainda mais).

Sério, ela não tem noção nenhuma.

Não que eu tenha algo contra ela, longe de mim tratar mal os plebeus do meu reino, mas hoje ela se superou.

A Professora Nilda estava dando aula, era uma aula bem legal de matemática, com uns cálculos interessantes, e a Florentina simplesmente dormiu na explicação!!!!! **E COMEÇOU A RONCAR!!!**

Eu estava quase tendo a ideia mais genial de todas para uma nova invenção incrível, até que ouvi aquele barulho parecendo um porco-roncador e a ideia evaporou da minha cabeça.

Que raiva dessa menina!!!

Ela sempre faz isso, sempre inventa alguma coisa para atrapalhar. No início da semana, por exemplo, estava comendo uns doces na aula.

Só que o doce parecia muito gostoso, e quando ela me ofereceu um, acabei aceitando, mas adivinha? **O DOCE ESTAVA CHEIO DE FORMIGAS!!!**

Já num outro dia, a gente estava ensaiando para uma apresentação de dança e ela dança tão, mas tão mal, que estragou a apresentação toda e a Professora Nilda teve que cancelar.

Ou seja, ela **SEMPRE** estraga tudo.

O bom é que na minha sala não tem só gente sem-noção, também tem a **Flora**, que é linda e parece uma princesa.

Acho que ela poderia facilmente ser a Princesa Amora, mas tomara que não seja, porque isso quer dizer que eu vou ter que odiá-la, e eu não quero isso.

Aliás, hoje mesmo pedi um conselho para o Floreante sobre a Flora e tudo que ele disse foi para eu parar de bobeira, que isso só traz tristeza pro coração e nem quis continuar o assunto.

Acho que é porque ele está triste por não conseguir falar com a moça de quem ele gosta. Olha o dilema:

A moça é uma sereia, trabalha no Acampamento Floreios quando chegam as férias escolares e passa grande parte do tempo no lago das sereias. Mas como o Floreante não é um tritão, ele não consegue ir até lá.

É um amor impossível, coitado.

Para ele parar de chorar, tive que mudar de assunto e comecei a contar as ideias da minha nova criação científica – e funcionou, porque um minuto depois o Floreante já tinha caído no sono.

Ele odeia coisas metálicas, científicas, paralelepípedas, como ele mesmo diz: não é onde gosta de gastar a atenção. Ele prefere coisas coloridas, floridas e gnomosas – tudo de que eu não sou muito fã.

Porém, mesmo ele sendo quase que completamente o oposto de mim, nós nos entendemos muito bem. Como eu disse, ele é quase um irmão mais velho.

E é aqui que eu estou agora, ao som dos roncos do Floreante. Então deixa eu aproveitar o tempo para pensar no meu primeiro plano para desmascarar a Princesa Amora.

① **SEXTA QUE VEM TEM TORNEIO NA ESCOLA**

A irmã mais nova da Amora vai, a **Princesa Olivia** - todo mundo a conhece.

ELA ESTUDA EM OUTRA **ESCOLA**, NÃO CONHECE **NINGUÉM** DA MINHA.

Se ela conhecer alguém da minha escola, só pode ser a **irmã dela** e aí vou desmascará-la!

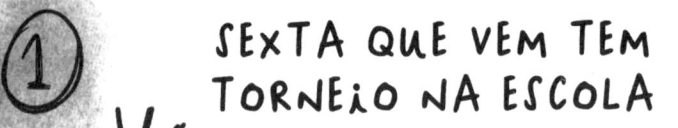

②

③

Aí vou dar um sorvete para a **Flora** e vamos assistir ao torneio juntos.

VAI SER O MELHOR DIA DE TODOS

 # TERÇA - 1º DE FEVEREIRO

Oi, troço,

Hoje minha mãe teve a melhor ideia **DE TODAS** para o nosso plano de vilões ultramalvados: ela vai fingir que é uma professora na Escola de Magia de Florentia!

E aí, se nosso plano vilanesco der errado e ela virar uma grande inimiga do reino, ela ainda tem um disfarce para se esconder. **ISSO É GENIAL!**

Para proteger o plano, só ela vai saber qual será essa nova personalidade, mas pelo menos me explicou tudo: como professora, ela vai conseguir a confiança de todos em Florentia e se aproximar da Princesa Olivia.

Talvez até virar a professora favorita dela.

É O MELHOR PLANO DE TODOS!!!

A Princesa Olivia estuda na Escola de Magia de Florentia, que é onde **eu** deveria estudar também.

Pois é, eu disse que minha vida é muito misteriosa, incrível e cheia de segredos, então toma mais um:

Eu na verdade tenho **poderes**!

Incrível, eu sei. Eu finjo que não tenho poderes desde pequeno, e a minha mãe até me deu esse colar aí que bloqueia minha magia.

Acho que a ideia da minha mãe desde o começo era eu não ter poderes, como a Princesa Amora, para eu estudar na mesma escola que ela e ajudar com o plano.

Isso que é planejamento de vilã.

E você não vai acreditar no quão **poderoso** eu sou. Rufem os tambores, pois: eu tenho o poder de ter o poder que eu quiser.

Bom, pelo menos foi o que minha mãe disse. Tem dia que eu tiro meu colar, desejo ter algum poder e nada acontece.

Atualmente eu tenho alguns poderes, como o poder de fogo, água e gelo; vez ou outra consigo mover as coisas com a mente. São poucos poderes, eu sei.

Talvez eu devesse praticar mais, mas minha mãe pede para eu não tirar o colar sem supervisão.

Porém hoje eu resolvi arriscar. Não me julgue, eu estava morrendo de vontade de comer torta de mirtilos-nebulosos **(meu doce favorito e o único de que eu gosto!)**, então tentei criar um poder de fazer doces.

É uma torta muito boa que **minha mãe** faz:

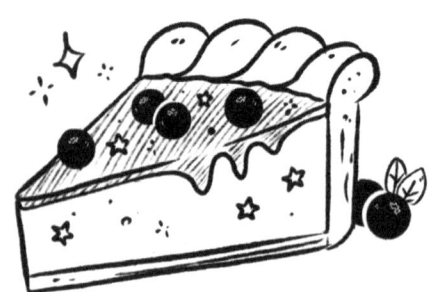

(O Senhor Amargus é um péssimo cozinheiro, então ele nunca conseguiria fazer essa receita...)

Me concentrei, pensei no poder de criar doces e em todos os doces que eu poderia criar só que... Nada aconteceu.

É o que eu disse, acho que eu preciso praticar mais, mas no momento eu não queria praticar coisa nenhuma, só queria comer aquela torta.

Minha mãe estava muito ocupada ensaiando para um show, então tentei fazer eu mesmo a sobremesa e deu tudo errado.

Não dá para ser **perfeito** em tudo, né?

Para me recuperar da tristeza de ser um péssimo cozinheiro e ter encontrado o meu único defeito, eu resolvi ir até o quintal treinar o Crocky para fazer alguns truques.

Cada dia que passa esse crocodilo fica mais e mais terrível.

No lago ao redor da mansão há vários crocodilos-guardiões, mas eles sempre foram educados e respeitaram minha mãe, já o Crocky só gosta de fazer bagunça mesmo.

Então eu estou tentando ensinar alguns truques para ele, para ver se ele fica um pouco mais disciplinado, mas nada dá certo.

Ele acha que rolar é **"rosnar"** e deitar é **"fique muito doidão e pule na água"**. Sério.

Acho que a minha mãe estava vendo nosso treino de longe e ficou com tanta pena de mim que até veio para o quintal com o vestidão que estava usando no ensaio.

E adivinha só? O Crocky se encantou pelo vestido dela de um jeito MUITO RUIM, começando a puxar a barra e rasgando o tecido em pedacinhos.

Esse vestido seria para ela usar numa sessão de fotos para a **Revista Fadas**, uma revista superimportante aqui do reino.

Eu estava pronto para receber a maior bronca da minha vida, mas acredite se quiser: o Crocky conseguiu deixar o vestido ainda mais estiloso e minha mãe simplesmente adorou a saia rasgada e desfiada.

Quem diria que o Crocky teria o dom de ser **estilista**?

Ele ficou tão feliz que saiu pela casa procurando mais retalhos, agulhas e coisas para costurar.

Vou tentar criar uma máquina de costura para ele mais tarde.

 # SEXTA - 4 DE FEVEREIRO

Oi, troço,

A partir de hoje eu **ODEIO A FLORENTINA PARA TODO O SEMPRE**!!!!

Hoje foi o dia do torneio e meu plano perfeito estava mais do que perfeito, mas a Florentina conseguiu **estragar tudo**. Como sempre.

E dessa vez virou uma briga pessoal.

O Torneio da Escola era só para as turmas mais velhas, então nós do sexto ano só íamos assistir e torcer. O que era perfeito, porque eu estaria muito ocupado procurando a Princesa Amora.

No evento, a Princesa Olivia chegou com a Rainha Stena e eu fiquei de olho nas duas.

Quando o pombo saiu, você não vai acreditar no que aconteceu: a Florentina brotou das profundezas e se sentou bem do meu lado, tampando toda a minha visão!!!!

Para piorar, ela não parava de comemorar quando algum time marcava ponto, e quando eu digo "algum time" é algum time mesmo, ela estava torcendo **PARA OS DOIS TIMES**. Então toda hora ela pulava e atrapalhava mais ainda.

Desisti e resolvi começar a parte dois do meu plano:

Deve ter sido meu charme irresistível.

O chato é que não tinha lugar livre para sentar do lado dela, então eu tive que voltar para a cadeira ao lado da chatona da Florentina.

Você deve estar pensando: *Nossa, Scorpio, nenhum vilão merece passar por isso.* Eu concordo, mas vai ficar ainda pior...

Isso porque ela continuava se mexendo igual a um grilo saltitante, não parava de pular e comemorar. Para piorar, dessa vez ela estava com um sorvete na mão e você não vai acreditar no que aconteceu.

ELA ENFIOU O **SORVETE** NA MINHA CARA!

Com certeza ela viu que eu estava conversando com a Flora e quis me envergonhar com um sorvetão bem no meio da fuça. Eu parecia um unicórnio.

Sério, até a Flora passou e disse que eu parecia um unicórnio daquele jeito.

Viu como essa Florentina é um horror? Ela estragou todas as chances que eu tinha com a Flora e todos os meus planos para descobrir quem é a Princesa Amora.

EU ODEiO A FLORENTiNA PARA SEMPRE!!!

Retiro o que eu disse no outro dia, agora eu tenho sim algo contra ela e vou fazer a vida dela ser um pesadelo.

Me aguarde.

SEGUNDA – 7 DE FEVEREIRO

Oi, troço,

A Flora não para de me chamar de Unicórpio!!!

Sério, ela não para!

Acho que estou com tanta vergonha que nem consigo gostar mais dela. Sério, a cada hora que ela fala "Unicórpio" uma parte de mim morre um pouquinho, **E ISSO É HORRÍVEL!!!**

Fui desabafar com o Floreante sobre o assunto, só que ele estava ocupado demais crochetando miniluvinhas para os gnomos dele.

É. Miniluvinhas eram mais importantes do que eu.

¡ISSO É UMA TRAIÇÃO IMPERDOÁVEL!!!

Então fui falar com os meus amigos. Eu sei, eu sou muito popular, tenho vários fãs, a maioria é cabeça-oca, mas dois eu considero menos piores e tento manter por perto.

E mesmo assim eles ainda são dois cabeças de batata. Você deve estar pensando que isso não é possível, mas olha só os conselhos que eles me deram:

Burke: COLOCA UMA ALMOFADA DE PUM NA CADEIRA DELA!

Kip: VOCÊ PRECISA JOGAR MAIS O TOPETE!

Acho que o Burke não entendeu que eu estava falando da **Flora**, não da Florentina, já o Kip eu nem entendi o que ele disse.

Sério, não sei como eu aguento isso.

O Burke é do tipo que sempre acha que pode resolver tudo com um soco, o que eu não concordo de jeito nenhum e por isso o mantenho por perto. Vai que ele decide dar um soco em mim...

Vez ou outra ele implica com algum fã meu, e eu tenho que ajudar, mas pelo menos ele me ouve.

Já o Kip é o clássico garoto que se acha e sempre pensa que todo mundo está falando dele ou querendo ser ele.

Isso porque ele é sobrinho do Tritão, um cara bem famoso da televisão em Florentia e que consegue se achar ainda mais do que o Kip. Então meu amigo pensa que todo mundo gosta dele por causa do tio.

Spoiler: Ninguém se importa.

Tá, algumas meninas gostam dele, vez ou outra eu ouço suspiros quando ele passa e é por isso que eu sou amigo do Kip. Para garantir que ele não vai ficar mais popular do que eu.

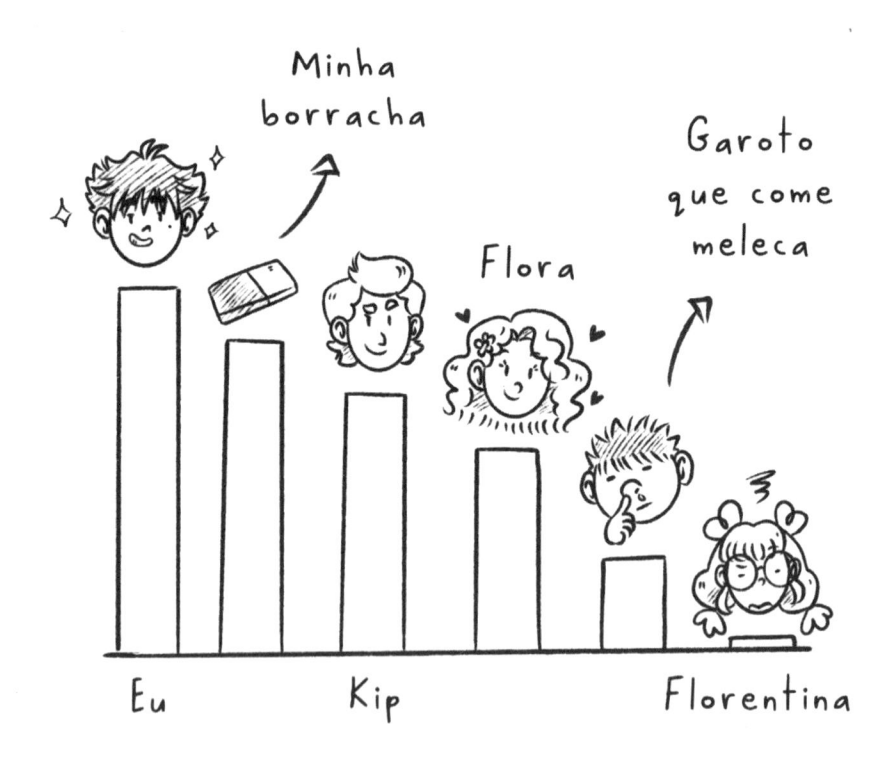

No fim das contas, eu tive que pedir conselho sobre a Flora para o **Crocky**. Isso mesmo, um crocodilo. Filhote ainda por cima, que não sabe nada da vida.

Para você ver o nível de desespero que eu estava, mas acredite se quiser, o Crocky foi bem mais útil:

Ele pegou uma caixa de chocolate intergaláctico que derrete na boca!

Acho que o Crocky pegou isso da montanha de presentes dos fãs da minha mãe, mas a Flora vai amar. Já até coloquei o chocolate na minha mochila para dar para ela amanhã.

Tomara que ela goste.

TERÇA - 8 DE FEVEREIRO

Oi, troço,

A Flora não gostou do chocolate, porque nem deu tempo de ela comer.

A Florentina **comeu tudo** antes!

Eu estava andando pelo recreio, depois de uma aula incrível da Professora Nilda, até que a chatona da Florentina esbarrou em mim.

Sei lá o que se passou na cabeça dela, porque no próximo segundo ela estava agradecendo pelo chocolate e pegando a caixinha da minha mão.

ELA ACHOU QUE EU ESTAVA QUERENDO ME DESCULPAR!!!

Não sei sobre o que eu teria que me desculpar, já que foi ela que enfiou o sorvetão na minha cara de propósito.

> NÃO FOI DE PROPÓSITO!!!

Ninguém merece isso!

Dá para acreditar nisso? Essa Florentina acha que eu sou burro? Com certeza foi de propósito e ela fez aquilo para me humilhar.

Ela queria me envergonhar na frente da Flora e hoje conseguiu fazer isso de novo, porque a Flora viu aquela cena e achou que eu tinha dado o chocolate para a Florentina.

AGORA A FLORA ACHA QUE EU GOSTO DESSA MENINA CHATA.

Quando penso que a Florentina não pode deixar as coisas piores, ela vai lá e consegue!

Agora eu parei de vez de ser bonzinho.

PLANO PARA SABOTAR A FLORENTINA:

Eu vou fazer de tudo para tirar **notas maiores** do que as dela.

E vou sabotar todos os **trabalhos** que a Florentina fizer.

Também vou virar o queridinho da **Professora Nilda** e dar os melhores presentes para ela!

PRESENTES QUE A PROFESSORA ADORA:

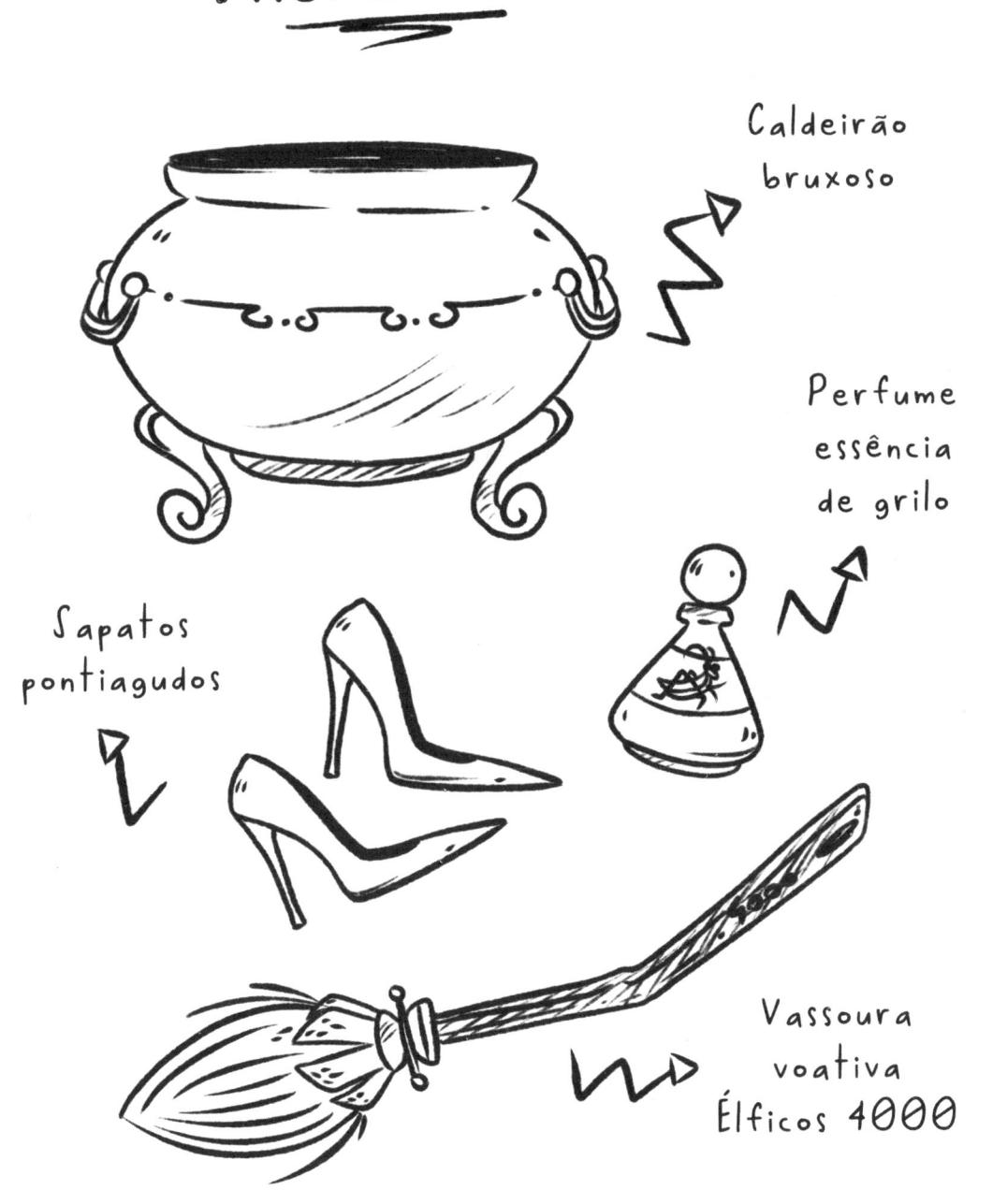

Caldeirão bruxoso

Perfume essência de grilo

Sapatos pontiagudos

Vassoura voativa Élficos 4000

MEU PLANO CONTRA A FLORENTiNA ACABA DE COMEÇAR.

QUARTA - 16 DE FEVEREIRO

Oi, troço,

Essa história de desmascarar a Princesa Amora está me deixando noites e noites acordado.

Toda hora que eu durmo, tenho um pesadelo:

"Scorpio, você nunca vai conseguir me pegar! HAHA"

Em cada sonho a Princesa Amora aparece com uma cara diferente, tem noite que nem cara ela tem e fica me assombrando sem parar igual a um fantasma.

Sério, não aguento mais.

Entretanto, isso me fez ter uma ideia genial: se eu quero ser um vilão e desmascarar a princesa, eu preciso aprender com os **melhores**, certo?

Então eu peguei no quarto da minha mãe algumas edições da *Revista Fadas* e fiquei procurando reportagens sobre as vilãs dos outros reinos.

Quase todas as reportagens eram escritas pela jornalista **Clarineta Limão,** uma moça que adora procurar histórias dos outros reinos – até que ela é boa nisso. Havia histórias muito bem detalhadas, com todas as maldades das outras vilãs.

Aliás, você acredita que existe uma bruxa que usou uma casa de doces para atrair duas crianças até o calabouço dela?

QUE PLANO GENIAL!!!

Pena que cozinhar mal é meu único **defeito**

Fiquei a madrugada toda lendo essa história. A bruxa, apesar de ter feito um plano incrível, era meio cabeça-oca e acabou sendo enganada pelas crianças.

Que tipo de vilã é derrotada por crianças? Isso é vergonhoso.

Então como eu fiquei a noite toda viciado nessa história, eu fui para a escola morrendo de sono e com uma olheira enorme!

Como eu sou o mais popular, todo mundo se preocupou e começou a perguntar se eu estava bem, se eu queria um suco ou se eu aceitava um pepino no meu olho.

Eu amo os meus fãs.

Já o Burke chegou perguntando quem é que tinha feito aquilo comigo, que ele ia deixar a pessoa pior, e o Kip só ficou julgando o quanto eu estava feioso.

Nem me importo, eu só queria desmascarar a Princesa Amora e, claro, acabar com a Florentina.

O problema era que eu estava com tanto sono que nem conseguia pensar em algo para transformar a vida da Florentina em um pesadelo, já que nem responder às perguntas da professora eu estava conseguindo.

CARAMBOLAPIMBAS, não acredito que eu confundi uma pergunta de matemática com uma pergunta de ciências!

A Florentina percebeu a vergonha e já foi respondendo: treze. E ela é horrível em matemática, então foi uma vergonha em dobro ter sido superado pela **PIOR** da turma.

Toda hora que eu respondia uma pergunta errada, a Florentina levantava a mão e se exibia respondendo certo. Eu já falei que essa menina é irritante?

Ela é muito irritante.

Ninguém quer saber o quanto ela é inteligente.

A notícia boa é que daqui a uns dias vamos ter o Festival Borboleta-Disfarçada aqui no reino. É um festival em que a gente pode se fantasiar do que quiser e ninguém sabe quem é quem.

O Crocky já começou a fazer **meu disfarce!**

Uma coisa que você ainda não sabe sobre mim é que o meu pai é descendente da Borboleta-Disfarçada.

A Borboleta-Disfarçada era uma moça que tinha o poder de mudar de forma com a magia de umas borboletas mágicas e aí meu pai herdou esse poder.

É tão raro que apenas descendentes da Borboleta-Disfarçada têm o poder de mudar de forma – e, claro, a minha mãe, que pegou o poder do meu pai.

Minha família é incrível, eu sei.

Sobre o festival, é impossível eu conseguir encontrar a Princesa Amora lá, porque todo mundo fica bem disfarçado mesmo, então não vou perder tempo com isso.

A minha missão no festival vai ser **atrapalhar a Florentina**. *hehe* Fazer o quê, a história da bruxa da casa de doces me inspirou.

1
ENCONTRAR A FLORENTINA!

impossível não achar aquele **cabelo roxo** de doer as vistas!

2

Atraí-la com um **doce enfeitiçado** que vai deixá-la falando igual a uma cabra.

VAI SER MUITO DIVERTIDO

Bolos e doces enfeitiçados, amaldiçoados e até mortíferos são muito fáceis de encontrar no Entregas Espalhapirinfosas.

É uma loja estranha, muito secreta, que poucas pessoas conhecem. Eu só a conheço porque foi o Floreante que me apresentou esse lugar.

E, bom, na verdade não é exatamente *um lugar*.

É um número misterioso para o qual você liga, tem que resolver um enigma e, se você acertar, pode fazer o seu pedido.

A de hoje foi fácil. Se havia dois patos, então eles tinham quatro patas (as pernas). Mas um dos patos é fêmea, uma pata, então é mais uma pata para a conta, logo, cinco patas.

É, eu sei, eu sou muito inteligente.

Ao responder certo à pergunta, um folheto magicamente surgiu diante dos meus olhos, com todas as opções de produtos do Entregas Espalhapirinfosas.

COISAS DO ENTREGAS ESPALHAPIRINFOSAS

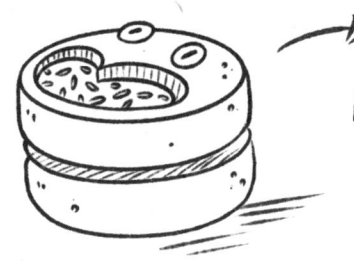

BOLO DO BERRO
Faz a pessoa que comer berrar como um bode

JUJUBA-CAMBALHOTA
Quem comer só consegue se locomover por cambalhotas durante uma hora

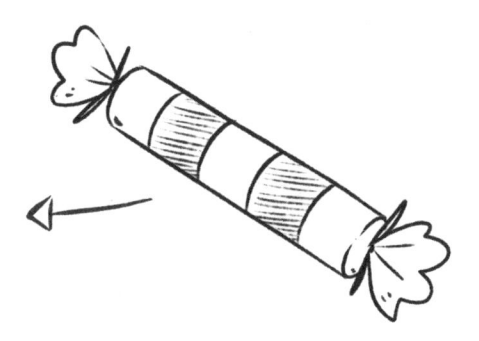

TARTARUGA-DA-MENTIRA
Tartaruga de chocolate que faz a pessoa dizer mentiras durante um dia inteiro

SUCO ESQUECIDO NA GELADEIRA
É só um suco velho, que ninguém quis mais

O folheto era enorme e tinha muitas outras coisas, como Pudim do Pum Infinito, que acho que nem preciso explicar; Suco-Enfeado, que deixa todo mundo parecendo uma assombração de tão feio; e Bexigas-Bexiguentas, que incham a bochecha da pessoa, fazendo-a flutuar; e até Canetas-Coladoras que escrevem qualquer resposta certa.

Acho que depois vou pedir essa caneta para colar nas provas e superar as notas da Florentina.

Eu não tinha muitos florões, então só encomendei o Bolo do Berro mesmo e no segundo seguinte já tinha alguém batendo na minha porta.

ENTREGAS ESPALHAPIRINFOSAS!

SEU ESPALHAPIRINFOSAMENTO É A NOSSA ALEGRIA

Sério, essa pessoa sempre me dá tanto medo que nem tenho curiosidade de descobrir quem ela é. Só peguei o pacotinho, entreguei os florões e fechei a porta.

Dentro do pacotinho havia um perfeito Bolo do Berro. Mal posso esperar para a Florentina comer isso...

DOMINGO - 20 DE FEVEREIRO

Oi, troço,

Hoje foi o dia do festival e sinto te desapontar, mas a ideia do Bolo do Berro não deu nada certo. Calma, não me julgue ainda, porque no fim meu plano foi ainda mais perfeito do que eu poderia imaginar.

Melhor herói

Olha isso!

Fui disfarçado de **super-herói** e o Floreante de vaso de planta

O Floreante também foi no festival, e ele ama essa festa. Como ele é tímido e sempre se esconde das outras pessoas, nesse festival pode andar sem medo por aí.

O disfarce dele todo ano é uma piada, sério, ele sempre se supera nas fantasias e dessa vez não foi nada diferente!

A minha mãe também estava se preparando, e ela não sabe brincar desse negócio de disfarce, porque literalmente vira outra pessoa e pronto.

O Floreante estava tão à vontade disfarçado que nem saiu correndo quando a minha mãe apareceu e o encontrou bem no meio da nossa sala:

> QUEM É VOCÊ E POR QUE TÁ NA MINHA CASA?

Tive que explicar que ele é meu amigo!

Sério, o Floreante estava tremendo **MUITO**. Ele odeia conhecer pessoas novas, então quando conheceu a minha mãe quase teve um treco.

Depois dessa apresentação totalmente inesperada e constrangedora, nós fomos para o festival. O Floreante foi pular por aí para se divertir e minha mãe foi resolver coisas do nosso plano secreto.

Já eu fui colocar o meu próprio plano malvado em ação. Eu estava muito ansioso para dar logo o Bolo do Berro para a Florentina, porque tinha certeza de que seria engraçado demais.

Andando pelo festival, não demorou para eu encontrá-la. Eu sabia que ela ia deixar aquele cabelo à mostra, e dito e feito, não foi nada difícil encontrar um cabelo roxo fluorescente pulando por aí.

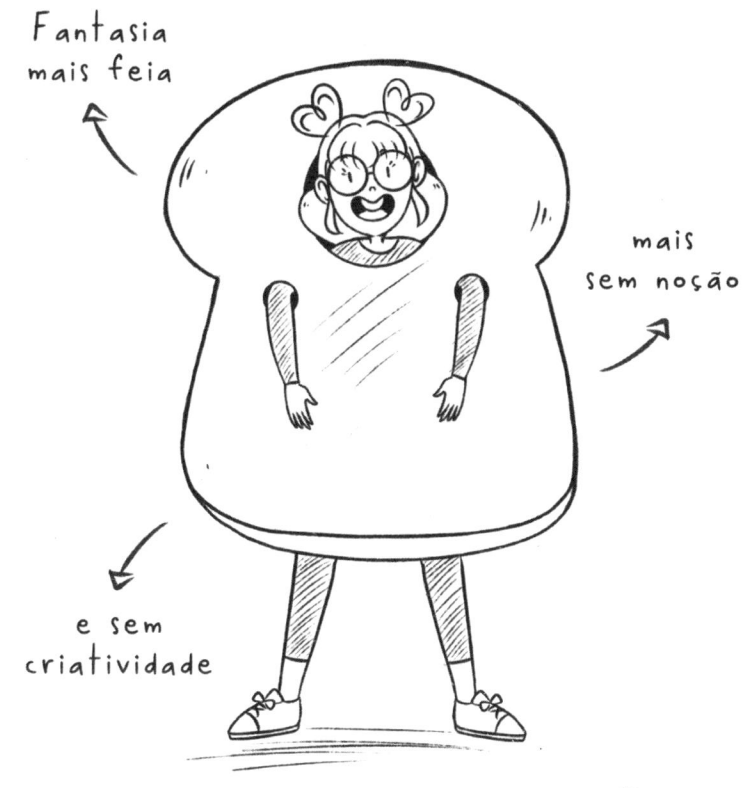

Fantasia mais feia

mais sem noção

e sem criatividade

A Florentina estava de PÃO!

Sério, eu jurava que ela seria mais criativa do que isso e que seria uma tarefa, no mínimo, mais desafiadora. **Fiquei decepcionado.**

E, bom, a feiosa estava ajudando uma senhora em uma barraquinha de doces. A senhora também estava com um disfarce bem preguiçoso, e eu logo reconheci que era a Senhora Dulce, a famosa confeiteira do castelo.

O que me deixou muito curioso, então comecei a bisbilhotar as duas e você não vai acreditar no que descobri: a Florentina é simplesmente **neta** da Senhora Dulce!

Isso não deve significar nada para você, troço, porque você não é genial como eu, então eu explico: se a Florentina é neta da Senhora Dulce, ela também mora no castelo e deve conhecer a Princesa Amora!!!!

E foi nesse momento que tive uma ideia ainda mais genial para o meu plano e desisti de dar para ela o Bolo do Berro.

A Florentina mora no castelo, então é melhor eu tentar virar **amigo** dela e não **inimigo**, já que assim eu posso ganhar a confiança da chatona e descobrir mais sobre a Princesa Amora.

É O MELHOR PLANO DE TODOS.

Ser malvado é sobre saber *quando* fazer a maldade, caso contrário a gente acaba igual à bruxa sem-noção da casa de doces.

Então deixei o Bolo do Berro no bolso, desisti de zoar com a Florentina e fui aproveitar o festival com o Floreante.

ELE SEMPRE FAZ ISSO NESSE FESTIVAL:

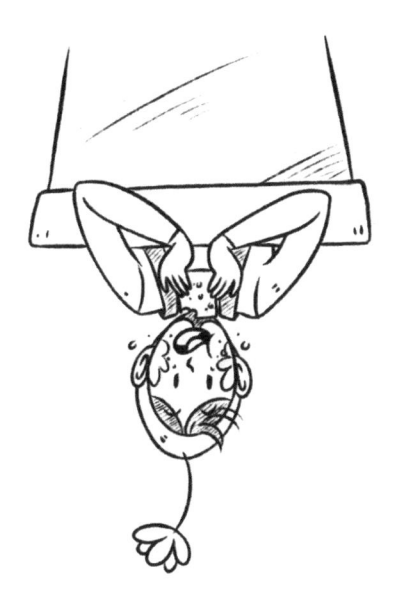

Sério, o Floreante é a pessoa mais incrível que eu conheço e a mais divertida também.

Então foi bem legal comer doce de cabeça para baixo com ele, procurar a moça de quem ele gosta em meio à multidão **(não encontramos)** e sair correndo sem rumo em meio às barraquinhas.

Foi um dia sem ser um vilão, mas até que foi divertido. E eu descobri que talvez a Florentina possa me ajudar a desmascarar a Princesa Amora.

Quem diria. ***hehe***

SEGUNDA - 21 DE FEVEREIRO

Oi, troço,

Sério, nunca mais faço uma bondade na minha vida!!!

Ontem tentei ser uma boa pessoa, não dei o Bolo do Berro para a Florentina, e eu até poderia ter dado sem ela saber que fui eu... Mas não, eu não fiz nada de ruim.

E sabe o que eu ganhei em troca???

UM GRANDE CASTIGO!

Por quê? Bom, depois que eu voltei do festival ontem, estava bastante empolgado com as descobertas, então só tirei o Bolo do Berro do bolso e o deixei na bancada da cozinha.

Na verdade, nem estava mais lembrando desse bolo nojento. Até que hoje de manhã comecei a ouvir um barulho muito irritante ecoando pela casa.

Achei que, sei lá, minha mãe tivesse se esquecido de como cantava, mas foi algo muito pior que isso.

MINHA MÃE COMEU O BOLO DO BERRO!!!

Isso já era um desastre por si só. Ela berrando pelos quatro cantos da casa, a voz ecoando por todo o bairro, e ela me encarando com aqueles olhos em chamas, como se eu estivesse **MUITO** em apuros.

Tudo aquilo já estava de dar medo, mas claro que ia piorar, pois a notícia péssima era:

"Rainha Noturna no Programa do Tritão HOJE!!!"

Sim. SIM. S-I-M.

Ela tinha compromisso hoje, um compromisso dos grandes: o *Programa do Tritão* é o programa mais famoso da TV de Florentia e conseguir um convite foi algo que minha mãe sempre desejou.

E JUSTO HOJE ISSO ACONTECEU.

E não sei se isso é bom ou ruim, mas os produtos da Entregas Espalhapirinfosas são mesmo de qualidade, porque nem os mais poderosos feitiços ou poções da minha mãe foram capazes de fazer a pegadinha passar.

Era a hora de eu pensar num plano e logo, senão ia ficar de castigo para o resto da vida.

A única coisa em que consegui pensar era que apenas o Entregas Espalhapirinfosas poderia reverter essa situação, então corri para o telefone.

> TEM BARBA, MAS NÃO É BODE, TEM DENTE, MAS NÃO MORDE

> QUÊ?!

Sério, que tipo de enigma era aquele?

Pareceu até que foi de propósito, por ter mencionado bodes desse jeito. Parecia que o dono do Entregas Espalhapirinfosas estava me vigiando, ou... Talvez estivesse mesmo.

Quando eu olhei para a janela, ainda no telefone tentando resolver o enigma, vi um vulto se abaixando e tentando se esconder.

Não pensei duas vezes antes de correr até o jardim e dei de cara com isso:

Sério, eu me senti o vilão mais burro do planeta por nunca ter reparado a coisa mais óbvia de todas: o Floreante Viajante é o dono do Entregas Espalhapirinfosas.

Acho que estava tão óbvio pela minha cara todo o ódio que eu sentia que o Floreante já foi logo me entregando uma embalagem de suco e dizendo que era um suco acalma-bode.

E mais uma vez eu não deveria ter confiado no Floreante.

Isso porque fui entregar o suco para a minha mãe, na esperança de que o berro do bode passasse, mas não. Não passou, ou pelo menos não totalmente.

O suco na verdade só acalmava o "lado bode" dela e não o bloqueava totalmente, então vez ou outra ela ainda soltava um berro, como se fosse um soluço chato.

A coisa boa é que a raiva dela passou totalmente, graças à poção. Ela não me olhava mais com os olhos em chamas e estava alegre, sorridente, cantarolando pela casa, enquanto terminava de se arrumar.

Sério, nessa hora eu tinha certeza de que a entrevista seria um enorme desastre, minha mãe com certeza seria a próxima grande piada de Florentia e eu estaria em grandes apuros quando o efeito do suco acalma-bode passasse.

Quando minha mãe terminou de se arrumar e partiu para a gravação do programa, tudo que eu consegui fazer foi ficar congelado sentado no sofá, esperando até a hora de ela voltar.

Tá, isso me deixou curioso: como é que a entrevista foi ótima com ela berrando feito um bode? Pena que o programa só vai ser exibido em maio, então vou ter que ficar na curiosidade até lá.

Mas uma coisa eu aprendi hoje: nunca mais vou fazer uma bondade para a Florentina na minha vida, porque ela sempre dá um jeito de estragar tudo!!!

QUINTA - 10 DE MARÇO

Oi, troço,

Descobri mais coisas sobre a Florentina. O que eu posso dizer? Eu sou um ótimo espião!

COISAS QUE EU DESCOBRI SOBRE ELA!

Ela é **neta** da Senhora Dulce.

A Senhora Dulce tinha uma filha chamada Mel Limoeiro, mas que não resistiu ao nascimento da filha, a **Florentina**.

Por isso, a Florentina mora com a avó no castelo desde **bebezinha**.

Ela trabalha na cozinha e vez ou outra é babá da **Princesa Olivia**.

Ela tem a mesma idade que a Princesa Amora, então elas devem ser amigas.

Ela seria a **amiga perfeita** para a Princesa Amora não se sentir abandonada e solitária.

OBJETIVO: ME APROXIMAR DA FLORENTINA

Depois de ter essa ideia genial, eis que, do nada, o Floreante Viajante entra chorando no meu quarto. Sei lá, até achei que era alguma coisa com a moça de quem ele gosta, mas não.

O Aldemiro tinha caído num pote de sopa!

O Floreante tem uns mil gnomos-floridos, então vez ou outra acontece umas coisas assim.

Da última vez foi o Josefino Quinto que se perdeu no campo de flores, uma menina o colheu achando que era uma flor e ele nunca mais foi visto.

Apesar de sempre acontecer, o Floreante sofre como se fosse a primeira vez e eu já até sabia o que viria em seguida: **A Fantástica Busca Pirimposa por um Novo Gnomo.**

Você com certeza não faz ideia do que isso significa, mas toda vez que um gnomo tem um trágico fim, nós iniciamos a busca por um novo — o que nem sempre é fácil ou divertido.

Então lá fui eu me enfiar no meio da floresta para encontrar um novo gnomo, e dessa vez a gente levou o Crocky para ajudar.

DESCOBERTA: Ele tem um ótimo faro para gnomos

Graças ao Crocky, pela primeira vez a busca por um gnomo foi bem fácil. Sério, normalmente a busca leva longas horas comigo e o Floreante no meio da floresta, com petiscos de rabanete e cantando músicas em gnomês — um dos idiomas mais difíceis do mundo.

(No qual, claro, eu já sou quase fluente.)

Logo o Floreante batizou esse novo gnominho de Aldemiro Segundo, em homenagem ao gnomo anterior, que teve um trágico fim finalizado.

Só que o mais doido de tudo foi que, quando a gente estava saindo da floresta, eis que um outro gnomo pulou na minha cara e começou a me dar uns socos.

Parecia um soco de formiga...

Sei lá por que ele estava me batendo, acho que o Aldemiro Segundo era o melhor amigo dele e ele ficou bravo porque agora ele era nosso amigo.

Só que esse gnomo era diferente dos outros. Em vez de ele ser verde com a florzinha vermelha como todos os outros gnomos, ele era todo roxo.

O Floreante pegou o gnomo pendurado pelas calças e o olhou de um lado para o outro, dizendo:

— O Gariberto Terceiro também se foi, vou te chamar de Gariberto Quarto.

Sei lá, a conexão do Floreante com o Gariberto Quarto foi tão forte que do nada o gnomo já estava dormindo dentro do cabelo dele, como se eles fossem melhores amigos a vida toda.

Na realidade, o Floreante sempre se deu bem com os gnomos-floridos.

Ele não se lembra de muita coisa da infância, mas conta que desde pequeno os gnomos cuidaram dele e, assim, cresceu ao lado das criaturas.

Na carroça dele, há uma foto assim...

Bom, nosso dia terminou com dois novos gnomos na família e um Floreante muito mais feliz do que horas antes.

Tão feliz que ele até fez o seu clássico café-contrário das dez.

É um café que é servido em qualquer hora, menos às dez, e é um café ao contrário: ele esquenta a água no fundo da panela em vez de dentro dela, porque assim é mais gostoso.

Não sei o que tem de diferente, para ser sincero, mas eu já o vi fazendo isso tantas vezes que me acostumei.

O clássico **café-contrário** das dez

Apesar de eu encher tanto a paciência do Floreante por ele ser tão... *Floreante*, a verdade é que ele é meu melhor amigo e a pessoa que eu mais gosto no mundo todinho.

Ele é meu único amigo, é a única pessoa que me entende e está comigo quando preciso. Então adoro passar as tardes com ele e fazer todas essas coisas sem sentido, mas divertidas.

Nunca diga para ele que eu admiti isso!!!!!!

QUINTA - 31 DE MARÇO

Oi, troço,

Lembra do meu plano de tentar me aproximar da Florentina para tentar desmascarar a Princesa Amora?

Pois é, hoje eu comecei a colocar esse plano em ação.

flor de tomate-palhaço

SAI, tenho alergia a tomate-palhaço!!!

Carambolapimbas. Como é que eu ia saber disso? Só peguei a flor de tomate-palhaço porque era a única que tinha no meio do caminho e era bonita.

E o chute dessa menina é forte, viu? Minha canela está com um roxo **ENORME**, e eu passei o dia todo sem conseguir andar direito.

Mas não ia desistir assim tão fácil. Pelo que descobri sobre a Florentina, o aniversário dela é dia 29 de abril, então tenho um mês para tentar me aproximar dela e receber um convite para a festa.

A Florentina não tem amigos, então nunca convida ninguém, mas tenho algumas semanas para tentar mudar isso.

A questão é: como eu poderia virar amigo dela? A flor não deu certo, mas pelo que me lembro ela gosta muito de doces e chocolate.

Então, assim que cheguei em casa, peguei o Crocky no colo e, soltei-o na sala de presentes da minha mãe. Ele achou rapidinho mais uma caixinha de chocolate-glacial ultra-achocolatado intergaláctico que derrete na boca.

Sério, a Florentina não vai resistir!!!

Como eu estava ultrainspirado com o meu plano de vilão, resolvi procurar o Floreante e pedir para que ele me contasse histórias vilanescas dos outros reinos.

Eu sei lá como o Floreante Viajante descobre essas coisas, mas algumas histórias nem saíram no *Jornal da Torre* ainda e ele já sabe tudo — com toda a certeza do mundo ele inventa, mas fazer o quê? As histórias são ótimas.

E, claro, ele sempre faz interpretações incríveis:

Ele me fez jogar um **balde de água** atrás dele

A história da vez era a de uma sereia que queria muito ser humana e para isso fez um acordo com uma bruxa malvada muito poderosa.

E, sério, essa bruxa é uma inspiração! Ela enganou a sereia e ainda roubou a voz dela.

Será que existe algo que a Florentina queira mais do que tudo nesse mundo? Seria ótimo usar isso a meu favor.

Essa história me deixou tão inspirado que eu até tirei meu colar, desejei mais do que tudo ter o poder de fazer acordos mágicos e... Bom, nada aconteceu.

Na verdade, aconteceu, sim: do nada um gnomo brotou bem na minha frente e me deu uma cabeçada.

Tá, isso normalmente acontece por aqui. Esse é o **Zenobildo Oitavo**, um gnomo do Floreante que não sabe se teletransportar direito, então vez ou outra ele aparece em momentos **MUITO CONSTRANGEDORES**.

Desisti do meu plano de ter o poder de fazer acordos mágicos e fui ajudar o Zenobildo a voltar para a carroça do Floreante.

Na carroça, o Floreante estava tocando uma sanfona **(ele nunca tocou uma sanfona na vida)**, e os gnominhos dançavam em cima dos móveis, superfelizes.

Eu não estava muito no clima hoje, então só deixei o Zenobildo Oitavo na porta e fui embora.

Preciso descansar, porque amanhã vou virar amigo da Florentina e colocar meu plano em ação!

SEXTA - 1º DE ABRIL

Oi, troço,

Hoje comecei meu plano de virar amigo da Florentina e até dei para ela o chocolate mais caro de toda a Florentia. Mesmo assim, deu tudo errado.

PORQUE HOJE ERA O DIA DA MENTIRA!!!

É uma vergonha eu ter me esquecido disso. Que tipo de vilão esquece o dia da mentira? O dia mais divertido de todos!

SAI DAQUI COM ESSA COISA ENVENENADA!

Por que essa menina adora me dar **pontapé**?

E aí ela saiu gritando e dizendo que eu estava tentando envená-la, o que me fez ir direto para a sala da Diretora Celestina.

Sério, essa menina só dificulta minha vida. E por que dentro de todas as pessoas da escola que me amam, justo ela, a menina que mais me odeia, é amiga da Princesa Amora?

A minha vida é uma grande piada, mas mais uma vez eu não ia desistir.

Como era o dia da mentira e havia pegadinhas por todos os cantos, eu fiz o maior esforço para tentar proteger a Florentina de todo mundo.

O Burke, por exemplo, colocou uma almofada de pum na cadeira dela **(ele é meio obcecado com isso)**, e eu fui tirar o troço para ela não se sentar.

Só que aí ela me viu com a almofada na mão e achou **QUE EU ESTAVA TENTANDO COLOCAR O TRECO!!!**

Depois o Kip escreveu várias cartas de amor para a menina, fingindo que a amava, e colocou tudo na mochila dela.

Como se a Florentina fosse gostar dele, né? **Ele se acha demais.**

Mas para não correr o risco de ela acreditar, se declarar para ele na frente da escola e passar a maior vergonha, eu tirei as cartinhas da mochila.

É, mais uma vez não deu certo e ela ficou ainda mais brava comigo.

Pegadinhas vinham de todas as direções, e eu tentava bloquear todas, mas a Florentina achava que as pegadinhas eram obras minhas.

Até que, no final do dia, ela estava andando no corredor, pronta para ir embora da escola, e tinha uma casca de banana no meio do caminho.

Não era uma pegadinha, a casca só estava lá e a Florentina estava tão distraída (como sempre) que nem tinha visto.

Então eu corri e impedi que ela pisasse na casca e escorregasse. Ou seja, salvei a vida dela, e acho que dessa vez ficou bem óbvio porque ela disse:

— Nossa, que herói. Obrigada por salvar minha vida. Você é incrível.

É verdade, isso aconteceu **mesmo,** ela falou exatamente essa frase, e no fim não me acusou de ter colocado a casca escorregadia ali.

Acho que vamos ser amigos.

Isso porque quando eu cheguei em casa tinha um Floreante Viajante me olhando com um sorriso que ia quase de uma orelha à outra de tão enorme.

> VOCÊ E A FLORENTINA, EIN EIN EIN

Ele não parava de falar isso, AFF!

Primeiro de tudo, eu não fazia ideia de como ele sabia disso, mas ele estava tão empolgado que eu nem tive coragem de contar que tudo fazia parte do meu plano malvado.

Ele ia ficar falando na minha cabeça sem parar...

SEGUNDA - 4 DE ABRIL

Oi, troço,

Hoje foi o dia do Festival do Chocolate aqui em Florentia, uma festa em que as pessoas trocam chocolates umas com as outras.

Sempre rola a maior comemoração na Praça Central, e até que é legal, mas minha tradição favorita de todas é com o Floreante — a gente faz isso desde os meus cinco anos.

Mas calma, porque é a coisa mais **PERIGOSA** e **ARRISCADA** do mundo todo:

A gente tenta fazer um bolo de chocolate

Tá, você deve estar com muitas dúvidas agora, já que como é que um bolo de chocolate poderia ser perigoso, não é mesmo?

E eu te respondo:

GNOMOS-FLORIDOS ODEIAM CHOCOLATE!

Juro, é só eles sentirem o cheiro de chocolate que já ficam vermelhos, com raiva, começam a se teletransportar sem parar e espalhar um milhão de mordidas.

Inclusive o maior sonho do Floreante Viajante é comer um bolo de chocolate, mas ele nunca conseguiu na vida. Isso porque um bolo de chocolate tem **MUITO** chocolate, então é só os gnomos sentirem o cheiro que o caos começa.

Ele até já tentou comprar um na loja, mas antes de dar a colherada, **PUF**, o bolo já tinha sido teletransportado pelos gnomos.

Então todo Festival do Chocolate a gente aproveita que os gnomos-floridos estão distraídos com todos os chocolates espalhados pelo reino e tentamos fazer a receita.

A gente chama de: **DESAFIO DO BOLO DE CHOCOLATE!**

Da última vez foi uma situação tão traumática que nem me lembro direito do que aconteceu. Hoje isso se repetiu e, sério, acho que foi igualmente traumatizante...

Nessa hora a gente não imaginava o **desastre** que ia ser!

A minha mãe estava fora resolvendo coisas de famosa, então até usamos a minha cozinha para ficar o mais longe possível dos gnomos.

Tudo estava acontecendo perfeitamente: fizemos a massa do bolo, colocamos para assar, derretemos o chocolate para o recheio e a cobertura, e o Floreante estava mais empolgado do que nunca.

E quando o bolo ficou pronto, ele até chorou de alegria.

O Floreante Viajante não poderia estar mais feliz, porque estava perto de realizar o maior sonho da vida dele, até que nós começamos a ouvir um barulho muito alto.

Parecia que centenas de elefantes estavam marchando ao mesmo tempo, que uma guerra estava se aproximando ou uma tempestade terrível cheia de raios, mas não.

Eram apenas os gnomos-floridos vestindo armaduras e segurando espadas bem afiadas.

Onde é que eles conseguiram aqueles troços? Não faço ideia, mas pareciam centenas de miniguerreiros raivosos voando bem na nossa direção.

Bolo em pedacinhos

Gariberto Quarto

O Gariberto Quarto liderava o exército, vermelho de raiva pela traição do Floreante, e ele não pensou duas vezes até espatifar o bolo em mil pedacinhos e se teletransportar com cada um deles.

Sério, foi uma cena tão assustadora que eu e o Floreante só corremos para debaixo da mesa.

Não sobrou nem um sujinho de chocolate no chão, muito menos nas panelas que usamos. Eles se teletransportaram com tudo e sumiram com cada um dos ingredientes.

E mais uma vez o Floreante não conseguiu realizar o maior sonho dele... Acho que ele nunca vai conseguir comer um bolo de chocolate na vida, coitado.

Resumindo, assim como todo ano, foi o pior Festival do Chocolate de todos, mas tentar fazer o desafio do bolo do chocolate sempre é divertido.

Espero que a gente consiga algum dia.

Essas são as lágrimas do Floreante...

DOMINGO - 10 DE ABRIL

Oi, troço,

Hoje aconteceu a maior baboseira de todas: o aniversário da Rainha Stena, com direito a muita festa, muita gente, música alta, purpurina e coisas coloridas, ou seja, chatice pura.

Nunca vou nessa chatice, muito menos a minha mãe, mas como você sabe, esse ano ela está diferente e ainda mais malvada. Então ela chegou no meu quarto com uma ideia maléfica:

Entregar um **presente** para a Stena!

Acho que minha mãe ficou inspirada pela história de uma vilã que passou ontem no *Fofocas da Torre*, era uma história muito boa mesmo.

Uma fada malvada de um reino aí não tinha sido convidada para a festa de uma princesa, então ela apareceu sem ser chamada e com um presente.

O presente era uma maldição: quando a princesa crescesse, ela furaria o dedo num espinho e morreria.

Um grande exemplo de maldade dessa vilã, e até eu fiquei inspirado com essa história.

Minha mãe não me contou o que era o presente, mas eu tinha certeza de que só poderia ser uma maldição bem cruel ou no mínimo uma caixa cheia de doces vencidos para dar dor de barriga na Stena.

Porém, na hora de sair de casa, a minha mãe começou a sentir tanta dor de cabeça que nem conseguiu usar seu poder de mudar de forma.

Se ela fosse como Rainha Noturna ia arrumar o maior tumulto na festa, então desistiu de ir e me deu uma missão:

Entregar o presente e amaldiçoar a Rainha Stena!

Esse seria o melhor dia da minha vida e seria a minha primeira grande maldade como vilão: amaldiçoar uma rainha! Então eu não poderia estar mais empolgado.

A comemoração sempre acontece na Praça Central e, quando cheguei, a Rainha Stena já estava sentada no seu trono em frente a uma fila de plebeus oferecendo presentes pra ela.

Eu ia odiar essa tarefa de príncipe.

Eu estava aguardando na fila, até que olhei para o lado e vi a Florentina. Sério, aquela cara de pamonha dela estava ainda mais feiosa, só que ela estava conversando com uma menina.

E todo mundo sabe que a Florentina não tem amigos, então eu logo pensei: **a menina só pode ser a Princesa Amora!**

Com certeza a princesa veio disfarçada para o aniversário da mãe dela e, como a Florentina mora no castelo, com certeza as duas são amigas e vieram juntas!

A parte ruim é que uma árvore tampava o rosto da menina, e eu só conseguia ver um pedaço do vestido dela, então deixei a missão do presente amaldiçoado para depois e comecei a seguir a Florentina.

A festa parecia um formigueiro com tanta gente junta e embolada, e toda vez que eu estava perto de ver o rosto da garota, alguém brotava na frente e tampava a minha visão.

O pior de tudo é que quando eu piscava, a Florentina já estava do outro lado da praça e, depois, do outro lado de novo.

Ela não parava quieta!

Eu já estava ensopado de suor por persegui-la, desesperado e preocupado de não dar tempo de entrar na fila para entregar a maldição para a Stena, até que a Florentina **FINALMENTE** parou de correr.

Ela se sentou em um banco mais afastado da bagunça e, quando consegui sair do meio da multidão, eu vi tudo.

Não tinha Princesa Amora **coisa nenhuma**.

Florentina sem noção ↘

↙ *Brinquedo bobo*

Era um **brinquedo temático!**

QUE ÓDIO.

Não acredito que eu me deixei ser enganado desse jeito! Afinal, que tipo de vilão eu sou??? Talvez um vilão com miopia que precisa urgentemente fazer um exame de vista, talvez... Mas eu fiquei com muito ódio.

Eu queria tacar o presente da maldição na cara da Florentina, para ela ser a amaldiçoada, mas respirei fundo.

Ainda preciso da confiança dessa chata, preciso que ela me convide para o aniversário dela e precisava entregar a maldição para a Stena.

Então respirei fundo de novo e voltei para a fila cheia de plebeus.

Sério, a fila estava um tédio. Acho que quando eu for príncipe vou contratar um dublê para ficar sentado no meu lugar, porque tudo isso é uma chatice pura.

Toda hora aparecia alguém com um presente sem-noção, como uma galinha que botava muitos ovos ou uma alface gigante.

A Rainha Stena estava sorridente, simpática, como se todos fossem os melhores presentes do mundo. Mas aposto que por dentro ela estava assim:

Certeza que ela odiou isso!

Até que foi divertido ficar assistindo à cena de um presente estranho atrás de outro sendo entregue a ela.

E a Florentina lá, com aquela marionete enorme da Rainha Stena para cima e para baixo, e sério, a menina não parava de me encarar. Acho que estava curiosa para ver o que era o meu presente e bem... Eu também estava.

Então quando chegou a minha hora, a Rainha Stena abriu um grande sorriso para mim que quase, **QUASE**, ganhou meu coração.

— Scorpio, que bom finalmente te ver por aqui! — ela disse. — O presente é da sua mãe?

Tá, a pergunta dela me deixou sem saber o que responder. *Será que ela sabia quem era a minha mãe?*

Não respondi, só balancei a cabeça sem definir se era um sim ou um não e estendi a caixa de presente para ela.

Sei lá, eu imaginava que mil coisas poderiam acontecer quando ela abrisse a tampa: uma fumaça tóxica se espalhando para todos os cantos, um bolo enfeitiçado, um sapo nojento pulando na cara dela.

Imaginei **MIL COISAS**, menos o que realmente aconteceu.

Quando a Rainha Stena abriu a caixa, ali dentro estava uma torta de mirtilos-nebulosos, cortada em perfeitas fatias.

Aí você pensa: *Com certeza estava envenenada, sua mãe é mesmo uma vilã!* Mas não.

Ela comeu todo o pedaço e não poderia ter ficado mais feliz, assim como sempre fico depois de comer a torta. Era uma torta de mirtilos-nebulosos de verdade, sem nenhuma gotinha de veneno ou maldição.

Limpando o canto da boca, a Rainha Stena disse, com um sorriso:

— Agradeça à sua mãe, ela estava linda na revista outro dia.

Ela piscou para mim, como se soubesse do segredo, e eu fui andando para longe, para liberar a fila.

A parte da revista entregou que ela sabe que minha mãe é a Rainha Noturna e... *saudade da torta*? O que ela quis dizer com isso?

Eu saí do festival tão confuso que nem reparei que a Florentina estava tentando pegar um pedaço da **MINHA** torta no meio dos presentes da Rainha.

Essa menina não tem mesmo noção nenhuma.

Em casa, eu queria encher minha mãe de perguntas: Por que ela não amaldiçoou a Stena? Por que deu uma torta de mirtilos-nebulosos para ela?

ELAS SE CONHECEM?!

Entretanto, quando voltei para casa já estava tarde e minha mãe, dormindo. Amanhã ela vai sair para uma miniturnê de shows e vou ter que ficar com essa curiosidade dentro de mim.

Então comecei a tentar resolver esse mistério sozinho: é óbvio que elas se conhecem!

Tem aquela lenda de que a minha mãe salvou a Princesa Amora porque ela nasceu doente.

Porém, em troca, minha mãe a amaldiçoou. Como é que a Rainha Stena sentiria saudade da torta da pessoa que enfeitiçou a filha dela?

Ela roubou o trono dela

Amaldiçoou a filha dela

Elas não têm nada em comum!

Sério, esse mistério está fritando minha cabeça.

Melhor eu esquecer isso e dormir, senão eu vou ficar igual ao Floreante Viajante.

SEGUNDA - 11 DE ABRIL

Oi, troço,

Admito que não consegui tirar o mistério da minha cabeça coisa nenhuma, mas pelo menos hoje apareceu uma coisa para me distrair um pouquinho.

Isso porque hoje abriram as inscrições para o Show de Talentos do Festival Outonal e, entre todas as baboseiras que existem no reino, essa é a minha favorita!

Eu vou ser o mais talentoso e a pessoa mais famosa do reino!

Como você sabe, eu tenho tantos talentos que foi até difícil escolher uma coisa só para eu apresentar no show, até que decidi por aquilo em que sou melhor: criar invenções.

Já tenho várias ideias sobre qual invenção apresentar, mas por enquanto minha favorita é essa aqui:

Máquina que faz bolo de chocolate

Sem soltar **cheiro** de chocolate

POIS É, VOCÊ ATÉ JÁ SABE O MOTIVO!

Com certeza vou ganhar e aí vou aparecer em todos jornais de Florentia e ser ainda mais popular!!!

QUARTA - 27 DE ABRIL

Oi, troço,

O aniversário da Florentina está chegando e nada de ela me convidar para a festa. E eu sei que vai ter alguma coisa, porque a vi desenhando no caderno balões, bolos e docinhos.

COPIEI A MATÉRIA DO DIA QUE VOCÊ FALTOU!

Passei o mês todo sendo **bonzinho** com ela

Claro que foi um mês **MUITO** difícil, porque ela é uma chata. Tão chata que não reconheceu nada de legal que eu fiz e não me chamou para o aniversário dela!!!

Ainda tem alguns dias e espero que ela me convide ou então vou cansar de fingir ser legal.

Voltei para casa com tanta raiva que apenas ir para o galpão do Senhor Amargus e continuar minha invenção do concurso poderia me distrair.

Porém tem sido superdifícil criar uma máquina de bolo de chocolate sem que o Gariberto Quarto apareça para atrapalhar meus planos.

Então desisti por hoje e resolvi criar um novo microfone para minha mãe, que deixa a voz ainda mais bonita.

Depois que o Crocky comeu o microfone favorito dela, era o mínimo que eu poderia fazer e vou dar o presente assim que ela voltar da turnê.

Aliás, nem escrevi aqui, mas a voz da minha mãe é superlinda, e acho que foi por isso que o Floreante virou meu amigo **(e eu pareço ser o único amigo dele, além dos gnomos, é claro)**.

Um dia ele estava triste, com a carroça dele parada no pântano aqui perto de casa.

Até que minha mãe começou a ensaiar uma música, e o Florente foi seguindo a voz dela até chegar no nosso jardim.

Contei que era da minha mãe e, desde então, ele passou a vir aqui em casa todo dia. Com isso nós viramos amigos, e eu cresci ao lado dele.

Como eu disse, um irmão mais velho misturado com um amigo imaginário.

Aliás, sabe as pinturas no rosto dele? Ele se inspirou nas pinturas de flores que minha mãe usa, porque de acordo com ele "é uma pintura *supimposamente sensacional*".

Ele sempre fica mais calmo quando ouve a minha mãe cantar, mas não de um jeito apaixonado **(credo)**, já que ele gosta daquela moça sereia.

Pena que o Floreante é muito tímido e nunca quis falar com minha mãe, eles com certeza seriam ótimos amigos.

E falando em amigos, agora preciso ir, preciso continuar meu plano para conquistar a Florentina.

SEXTA - 29 DE ABRIL

Oi, troço,

Sabe o meu plano para conquistar a amizade da Florentina? Pois é, não deu nada certo.

Aquela chata não me convidou mesmo para a festa dela, então tive que fazer o que qualquer vilão faria: **invadir sem ser convidado.**

Aprendi isso com a vilã chifruda de outro reino, só faltou a parte da maldição. Ainda não tenho esse tipo de poderes, senão eu faria o mesmo com a Florentina.

Tá bom, na verdade a ideia de invadir a festa não foi minha, já que é meio difícil entrar no castelo sem ser convidado, e eu sou um vilão realista.

Foi tudo ideia do Floreante Viajante, e foi bem fácil de entrar, já que a carroça dele se teletransporta para qualquer lugar que ele quiser.

Para ser sincero, essa é uma magia dos gnomos-floridos. Você sabe, uma coisa irritante sobre as criaturas é que eles se teletransportam num piscar de olhos.

Só que o Floreante descobriu que, quando vários gnomos se juntam e eles se teletransportam tocando em algo, essa coisa se teletransporta junto.

E é assim que o Floreante consegue se teletransportar com a carroça e tudo, o que eu acho genial.

> CARREGA ESSE PRESENTE DO ALDEMIRO, POR FAVOR.

MOTiVO: Era aniversário de uma "amiga" dele

No primeiro segundo eu não entendi, mas quando caiu a ficha eu fiquei bem assustado e perguntei:

— Por acaso o aniversário é da Florentina?

— Florentina? — Ele me olhou, confuso. — Ah, ér, a... Beterrabinha? Cabelo roxo, igual beterraba?

— É, Floreante. Eu odeio essa menina.

— Odeia nada, vamos lá.

O problema é que o Floreante queria entrar no aniversário e não tinha **nenhum** convite. Como ele era amigo dela se nem tinha sido convidado?

Isso estava confuso demais, e esse é o problema do teletransporte: não deu nem tempo de entender melhor as coisas durante o percurso, porque a gente já tinha chegado.

O bom é que a festa estava acontecendo no jardim, então foi fácil espionar tudo por detrás dos arbustos.

E era só isso. O Floreante só queria colocar aqueles presentes ali sem que ela visse, ou seja, não era amigo dela coisa nenhuma.

Espero que ele me dê muitos presentes legais de aniversário ou vou ficar bravo.

E, bom, na festa da Florentina apenas a Princesa Olivia, a Rainha Stena e a Senhora Dulce estavam presentes.

Nada de uma outra menina para eu poder teorizar que ela seria a Princesa Amora. *Carambolapimbas*, talvez a Florentina nem seja amiga dela no final das contas!

Ela é tão chata que nem a princesa deve ter paciência. **Como é que eu não pensei nisso antes?**

Já que eu estava ali, não pude deixar de fazer uma maldade para me vingar por ela não ter me convidado para a festa.

MUAHAHA

Eu comi todos os **docinhos** da mesa

Não queria admitir, mas os doces da Senhora Dulce são mesmo muito bons e olha que, normalmente, eu nem gosto de doce. Sério, quase que superou a torta de mirtilos-nebulosos da minha mãe.

Bom, depois de comer tudo, voltei para o meu esconderijo e pude ver bem a hora que a Florentina percebeu que não tinha mais doces.

Você tinha que ver, foi muito engraçado. Ela começou a chorar, jogada no chão, e culpou a Princesa Olivia de ter comido tudo.

Foi muito divertido espalhar o caos no aniversário.

Não pude ver como isso acabou, porque o Floreante começou a brigar comigo e me arrastar de volta para a carroça, mas valeu a pena.

— Seu **burbunga de pepino**, por que você fez isso?! — ele perguntou, bravo mesmo.

— Quê? Burbunga de pepino? O que é isso?

— Burbunga é um tipo de cigarra, vi um monte num pé de pepino e achei irritante...

— Ah, tá. Achei que era uma piada com meu sobrenome. Diabrotic é um besouro de pepino.

— Seu nome é **Scorpio Besouro de Pepino**? Que estranho.

— Disse alguém que chama Floreante Viajante.

— Não foge da pergunta sobre a menina.

— Ela me odeia. Não me convidou pro aniversário dela, me trata mal, jogou sorvete na minha cara e um monte de coisa.

Acredita que o Floreante nem me respondeu? O Gariberto, que só dorme, até acordou e saiu do meio do cabelo dele e os dois ficaram me olhando.

OLHA SÓ A CARA DOS DOIS!

Fiquei me sentindo um burbunga de pepino de verdade... Esse Floreante sabe ser irritante igual a um irmão mais velho em alguns momentos.

E, afinal, o que era o presente que tinha dado para ela?

Eu estava torcendo para ser uma bomba de fedor, uma caixa de cigarras, um bolo podre, ou qualquer outra coisa incrivelmente zoada do Entregas Espalhapirinfosas. Sério, era o mínimo.

Mas não. O Floreante disse que era um diário que o Aldemiro Primeiro estava fazendo antes de cair no pote de sopa e aí o Aldemiro Segundo continuou a tarefa.

Um DIÁRIO.

Boa sorte para esse diário com essa menina chata escrevendo nele todos os dias as chatices do dia dela.

Não quero nem chegar perto. Aliás não quero chegar perto nem desse diário **NEM** da Florentina. Não quero mais ser amigo dela.

Vou tentar descobrir quem é a Princesa Amora sozinho!

X X X

Aliás, agora pouco eu pesquisei o que é **burbunga de pepino**, porque fiquei curioso e nem sempre dá para confiar nas palavras do Floreante Viajante.

E, bom, ele falou a verdade. Que coisa inédita. Burbunga é mesmo um gênero de cigarras e, em alguns outros idiomas, *burbunga* pode significar flores.

Uma **ofensa** mais Floreante impossível e acho que vou roubar para mim. Ninguém vai saber que está sendo ofendido. *hehe*

QUARTA - 11 DE MAIO

Oi, troço,

Hoje eu quase descobri quem é a Princesa Amora! Foi **por pouco** que ela conseguiu escapar.

Até que a história foi engraçada, porque tudo começou com a Princesa Olivia aprontando no castelo:

ATENÇÃO!

"A Princesa Olivia atraiu **todas** as poeiras--tilintantes do reino para o castelo, boatos que a **Princesa Amora** foi mordida!"

Aposto que eu e a Princesa Olivia seríamos grandes amigos, porque ela já estava me ajudando sem nem imaginar:

PLANO PARA DESMASCARAR A PRINCESA

Todas as poeiras estão no castelo e a jornalista disse que a **Princesa Amora** foi mordida

É IMPOSSÍVEL NÃO SE COÇAR MUITO

Então é só eu ficar de olho em quem na escola estiver se coçando toda

É O PLANO PERFEITO

Poeiras-tilintantes são criaturas invisíveis que fazem as pessoas se coçar sem parar. Como ninguém nunca viu uma, eu imagino que elas sejam daquele jeito ali que eu desenhei.

E, claro, só tive que ficar de olho em todo mundo, para ver se alguém estava com crise de coceira, mas adivinha: **NINGUÉM ESTAVA.**

Ou seja, com certeza a Princesa Amora faltou à aula hoje, assim como muitas meninas da minha sala, incluindo a Flora, então não consegui definir quem era a princesa.

O bom é que a Florentina estava na escola, então tenho certeza absoluta de que ela **não** é a Princesa Amora. Se fosse, não conseguiria ficar sem se coçar. Ela já não para quieta normalmente, então imagina só com uma criatura que a pinicasse o tempo todo.

Tenho certeza absoluta: a Florentina não é a Princesa Amora!

Aliás, hoje a cara dela estava superengraçada.

Ela estava desse jeito!

Acho que era porque ela ia apresentar a escola para uma menina nova. Meus mais sinceros sentimentos para essa menina.

Aliás, falando da menina nova, ela é superfofa e linda, o nome dela é Lila. E, claro, não pude deixar de imaginar que talvez ela seja a Princesa Amora.

E no fim das contas cheguei à conclusão da outra página. Isso é tudo que sei até agora, e eu preciso mais do que tudo encontrar a princesa:

Princesa Amorá
TUDO QUE EU SEI SOBRE ELA

O nome completo dela é **Princesa Amora Maria Florentina de Florentia**. Tem <u>onze anos</u>, como eu.

Ninguém nunca viu a princesa nem conhece o seu rosto, mas uma história diz que ela <u>não</u> tem poderes. Então ela deve estudar na Escola Preparatória para Pessoas Não Mágicas, na mesma sala que eu.

Pessoas da minha sala que podem ser a princesa:

<u>Flora</u> – Grandes chances, delicada e fofa

<u>Lila</u> – Linda como uma princesa, mas é filha do Doutor Epimênides que todo mundo conhece

<u>Florentina</u> – De jeito nenhum, jamais, nunca, nem em sonho

Também há teorias da conspiração pelo reino de que a princesa na verdade não existe e essa é uma invenção de Florentia. Teoria totalmente <u>sem sentido</u>.

Ela tem uma irmã mais nova chamada Olivia, todo mundo conhece seu rosto, e que estuda na Escola de Magia de Florentia.

SEXTA - 13 DE MAIO

Oi, troço,

Para relaxar a cabeça de tanto pensar em planos para desmascarar a princesa, hoje eu resolvi me distrair fazendo uma maldade com a Florentina.

Hoje foi o dia do **Festival Fantástico de Cupcakes** na escola. É um evento bobo em que cada aluno leva um cupcake gostoso e diferente, e há vários avaliadores dando notas para decidir qual é o melhor de todos.

Mesmo sendo bobo, é claro que eu fiz o cupcake mais incrível do mundo, porque eu nunca aceito perder nada.

(Na realidade foi o Gariberto Quarto que fez, já que cozinhar mal é meu único defeito e eu não queria arriscar a vitória.)

Então eu estava na minha bancada, apresentando os cupcakes, e vários avaliadores me deram nota 10.

Até que duas avaliadoras chegaram:

Elas deram nota -10 para o meus cupcakes!

Isso foi muito estranho. Nunca que aqueles cupcakes seriam horríveis e dignos de uma nota tão baixa, afinal o Gariberto Quarto é o maior fazedor de cupcakes que eu conheço!!!

Eu estava com tanto ódio que não tinha percebido a coisa mais importante:

Cabelo roxo fluorescente

Penteado feioso

Cara feiosa

ERA A FLORENTiNA!!!

Não acredito que ela tentou me sabotar desse jeito. Era uma injustiça, mas aquilo não ia ficar assim.

Eu, claro, fingi que não sabia de nada e fui conversar com os jurados reais sobre a minha nota. Não demorou para eles perceberem que havia duas juradas falsas.

Sério que eles não perceberam que duas juradas não tinham crachá e eram crianças???

Minha carambolice, os adultos às vezes não pensam direito.

Enfim, depois foi só contar tudo para a Professora Nilda e pronto, logo ela percebeu que a Florentina e a Lila não estavam no festival e que elas eram as grandes culpadas.

ELAS FiCARAM DE CASTiGO:

Não deve ter sido nada legal lavar pratos com recheio de atum, nem comer um cupcake desse sabor.

Aposto que eram os cupcakes do Burke.

Eu estava gargalhando ao lado do Burke e do Kip e ri ainda mais quando vi a Professora Nilda escrevendo uma advertência para a família da Florentina.

É muito bom ganhar dela mais uma vez.

Voltei para casa tão feliz que acho que qualquer pessoa seria capaz de ler na minha cara que eu tinha acabado de fazer uma maldade.

Inclusive o Floreante, que estava no meu jardim colhendo flores no canteiro da minha mãe para fazer uma *Sopa Leguminosa Fluorescente Florista Glumifloral.*

Logo, logo você vai entender que coisa sem sentido é essa.

> CARA DE QUEM FEZ MALDADE, DESEMBUCHA!

flores e legumes aqui

Não sei o que deu no Floreante, mas ultimamente ele tem me dado muita lição de moral. Acho que é porque minha mãe está fora e ele se sente o irmão mais velho, no direito de ficar me dando sermão.

Ele não sossegou até que eu *desembuchasse*, e quando contei para ele o que eu fiz hoje, ele ficou tão bravo que achei que ia jogar a cestinha de flores direto na minha fuça.

— A Beterrabinha é muito gentil, seu burbunga de pepino! Ela não merece isso!!!!! — Foi o que ele disse.

E ouvir isso fez eu me sentir **MUITO** ofendido. Tipo quando a gente vê alguém que a gente gosta muito virando amigo de alguém que a gente odeia.

NÃO FAZ SENTiDO.

Era para o Floreante Viajante ficar rindo da cara da Florentina comigo e me ajudando a planejar maldades, não é isso que irmãos mais velhos fazem?

Só sei que fui até o meu quarto e não pude ficar lá trancado nem um minuto, porque uma centena de gnomos se teletransportaram para dentro dele.

O Gariberto Quarto tinha até um bilhete:

> Tem Sopa Leguminosa Fluorescente Florista Glumifloral pronta, vem comer. O Senhor Amargus fez aquela coisa enlatada, tá fedendo igual um espinho-gosmento.
> - Floreante Viajante

O Floreante fala de mim, mas ele também sempre joga sujo. *Olha esse bilhete.* É claro que eu fui correndo para a carroça, porque se o Senhor Amargus me chamasse para jantar, já era.

Sério, quando o Senhor Amargus decide fazer a janta é a hora perfeita para eu fingir um desmaio ou sair correndo para o pântano. Não sei o que ele faz que consegue estragar até a comida enlatada que já estava pronta.

Bom, eu não fazia ideia do que sopa blá-blá-blá glumifloral significava, mas a carroça estava com um cheiro tão gostoso que nem me importei que eu estava bravo com o Floreante.

Ali, ele já preparava uma tigelinha para mim.

Colocou a sopa como se fosse uma poção mágica, depois jogou cebolinha por cima, duas rodelinhas de rabanete em formato de flor no canto e, por fim, uma flor amor-perfeito bem no meio.

COISA MAIS BREGA DO UNIVERSO!

Era brega demais, mas quando provei a sopa, parecia que eu estava ganhando o abraço mais aconchegante da galáxia e ouvindo que todos os meus sonhos iriam se realizar.

Sério, até consegui ouvir milhares de passarinhos cantando ao redor. Parecia que eu estava no meio de uma daquelas baboseiras de conto de fadas.

Acho que o Floreante viu a cara que eu estava fazendo, porque ele começou a rir.

— Hoje me lembrei de que eu comia essa sopa com alguém, sopa de rabanete, mas Sopa Leguminosa Fluorescente Florista Glumifloral é muito mais gracioso.

— Parece que é um trava-língua, isso, sim — resmunguei.

E acho que o Floreante percebeu que nem a sopa foi capaz de fazer meu mau humor passar, então ele apelou, dizendo:

— Tá, se eu te contar um segredo, o maior segredo já segredístico, você me desculpa?

Claro que topei na hora, né, quem não ia topar? Então o Floreante revirou a loja dele, jogou para alto varinhas, potes, ingredientes para todos os cantos, até que enfiada no fundo da bagunça, tirou uma coisa.

Era tipo uma bola de cristal, daquelas que quem finge ver o futuro usa para enganar as pessoas. E achando que eu caio em qualquer truquezinho, o Floreante fez isso:

"EU VEJO O FUTURO..."

Sério, o objetivo dele era que eu deixasse de ficar com raiva ou que eu ficasse com **MAIS RAIVA** ainda? Porque nem uma criancinha cairia nesse papo.

Acho que ele percebeu minha cara de mais profundo ódio e começou a ter umas "visões do futuro", mas sério, nem para fingir ele era bom.

— Isso quer dizer que um sapo vai pular na sua cabeça — ele disse. — Não, desculpa, um rinoceronte… Ah, na verdade quer dizer que sua mãe volta domingo.

Isso nem fazia sentido. Eu sei bem a agenda da minha mãe, e ela só volta da turnê no mês que vem.

Eu estava com tanta raiva do Floreante por causa do papo sobre a Florentina e essa mentira de ver o futuro que fui embora revirando os olhos e sem querer mais conversa com ele.

Por que o Floreante tem que ser tão FLOREANTE???

DOMINGO - 15 DE MAIO

Oi, troço,

Lembra do dia em que eu, sem querer, dei o Bolo de Berro para minha mãe, e ela foi fazer uma entrevista no *Programa do Tritão*?

Lembra também da visão do Floreante Viajante... Pois é, tudo isso aconteceu hoje: minha mãe voltou mais cedo para casa e hoje foi o dia de o programa ser exibido na televisão.

E FOI INCRÍVEL!!!

(Também devo um pedido de desculpas pro Floreante, mas vou contar sobre o programa primeiro.)

Felizmente o *Programa do Tritão* tem bom senso e cortou do vídeo todas as partes que minha mãe não resistiu e soltou um berro de bode, mas graças ao suco acalma-bode ela estava graciosa e nem os berros de bode fizeram ela perder a classe.

Só não deu para cortar muito as partes em que minha mãe berrou na música, mas no final ela deu uma justificativa sensacional:

> QUERIA QUE OS BODES TAMBÉM PUDESSEM ENTENDER A MÚSICA HOJE

Que artista pensa no entretenimento musical dos bodes? Só minha mãe mesmo, e ela foi aclamada com uma salva de palmas jamais vista na história da televisão!

Eu estava jogado no sofá, assistindo a essa cena, até que a minha mãe chegou de surpresa bem a tempo de terminarmos de assistir ao programa juntos.

Sério, você tinha que ver minha cara quando percebi a burrada que tinha feito por ter duvidado do Floreante, *mas ele queria o quê?*

Que eu acreditasse que um *rinoceronte* ia pular na minha cabeça?

Nem existe **rinoceronte** em Florentia!

Enfim, além de cantar, minha mãe contou no programa toda a história dela: a garotinha que foi abandonada nas flores envenenadas de Florentia pela própria mãe, ao lado do irmão gêmeo, Pietro, que não conseguiu sair com vida como ela.

A Grã-Rainha Edwina jogou um feitiço de sono nos dois e os levitou até as flores cheias de veneno, onde deixou os gêmeos. **Pois é, ela é um monstro.**

A minha mãe ficou adormecida nas flores envenenadas, e por isso teve suas asas de fada queimadas pelo veneno e o lado direito do rosto também se queimou pelas flores.

Ela só conseguiu sobreviver porque tem o poder de absorver magias, então absorveu a magia e o veneno das flores, camuflando-se entre elas.

Ela teve dificuldades para superar tudo isso e ficou traumatizada com as flores azuis, mas resolveu usar o episódio como força e, desde então, as pinta por cima das cicatrizes.

Apesar de ser tudo verdade e triste, contar essa história foi parte do nosso plano vilanesco.

A mãe dela, a Grã-Rainha Edwina, foi uma rainha muito respeitada, então vai ser um choque para Florentia quando todos descobrirem que a Edwina é a vilã dessa história.

E pior de tudo: que a Edwina enganou toda a Florentia, apagou a memória de todos e disse que não tinha herdeiros, só para adotar a Stena e coroá-la como rainha.

Ainda não sabemos quando colocar esse plano em ação, mas acho que vai ser em algum dos próximos festivais do reino.

¡SSO VAi SER MUiTO ViLANESCO!

Depois do programa ser exibido, a minha mãe não parava de receber cartas-aladas falando sobre como ela tinha sido maravilhosa.

Ela até ganhou mais fãs por ter pensado nos bodes e ter cantado a música em bodês também. Principalmente dos elfos e elfas, que são muito defensores da natureza e dos animais.

Eu não queria admitir, mas no fim até que o Bolo do Berro foi uma coisa boa e fazer a bondade com a Florentina não foi em vão.

Será que eu deveria tentar ser amigo dela de novo?

Talvez o Floreante esteja certo no fim das contas, talvez fazer maldades com a menina não seja o melhor caminho.

Falando nele, hoje ele não apareceu, acho que também está chateado comigo porque duvidei dele... Eu fui um grande burbunga de pepino.

Prometo que vou ajeitar as coisas.

SEGUNDA - 16 DE MAIO

Oi, troço,

Você não vai acreditar!

Hoje a Florentina estava lendo a *Revista Fadas* em que a minha mãe apareceu:

ELA É FÃ DA MINHA MÃE!!!!!

Não acredito que ela tem bom gosto em pelo menos uma coisa. Sério, achei que ela era completamente sem-noção, e isso me deixou chocado.

Ela lia a entrevista da minha mãe sem piscar e toda hora fofocava com a Lila sobre o *Programa do Tritão* de ontem.

Acho que não viu a parte da música em bodês, porque não comentou nada sobre isso e *carambolapimbas*, eu queria *muito* saber o que ela achou.

Só sei que eu fiquei ouvindo o papo dela a aula toda: ela ficou emocionada em saber mais do passado da minha mãe, a música favorita dela é "Florescer na escuridão", e ela tem muita vontade de ir a um show algum dia.

E, bom, é agora que vem outra coisa reveladora:

Eu convidei a Florentina para a minha festa!

É, meu aniversário está chegando. E, diferente da Florentina, eu tenho muitos amigos na minha sala, então fui obrigado a convidá-la também.

O bom é que ela nunca vai, então estou nem aí em ter que dar esse convite para ela.

Aliás, preciso dizer que meus aniversários sempre são os melhores da escola! Minha mãe sempre faz uma grande festa na mansão, com comidas maravilhosas, diversão e todo mundo da escola fica falando da minha festa por semanas.

Eu amo ser o mais popular da escola.

Também convidei a Flora, acho que dessa vez eu consigo chamar a atenção dela.

A minha mãe nunca aparece nas festas. A gente mantém em segredo que eu sou filho da Rainha Noturna, mas esse ano vou pedir para ela fazer um show no meu aniversário.

O que vai ser ainda mais chocante, porque ninguém sabe que ela é minha mãe e todos vão achar que a minha família é ainda mais rica por tê-la contratado.

Vai ser a melhor festa de todo o reino!!!

✕ ✕ ✕

Acredita que o Floreante estava se lamentando no pântano porque eu tinha esquecido de convidá-lo para o meu aniversário?

Ele é tão dramático, como é que eu ia esquecer do meu quase irmão mais velho melhor amigo quase imaginário?

E, bom, aproveitei para pedir desculpas por ter ficado bravo por causa da Florentina e também por ter duvidado do poder dele, porque afinal de contas, **ELE VIA MESMO O FUTURO.**

Eu deveria ter acreditado desde o começo... O Floreante é "floreante" demais para não ter poder nenhum.

Então eu queria saber tudo sobre isso, e ele me revelou alguns detalhes: não se lembra de coisas sobre a infância, mas tem leves lembranças de que ganhou o poder de ver o futuro quando fez dez anos.

E, bom, apesar de incrível, o poder dele é tão atrapalhado quanto ele mesmo.

O Floreante não consegue controlar quando nem como ter as visões do futuro e às vezes elas aparecem do nada! Podem aparecer no reflexo da água, na bola de cristal com formas estranhas e até mesmo no espelho.

Eu até pedi para ele ver meu futuro, mas não deu nada certo, isso porque ele previu que:

EU E A FLORENTINA VAMOS VIRAR UMA **BOA DUPLA** UM DIA:

nem entendi essa visão!

Sério, isso não faz sentido nenhum!

DOMINGO - 22 DE MAIO

Oi, troço,

A minha mãe fez uma coisa muito legal! Ela usou um dos poderes que roubou para criar o ovo de uma criaturinha, e hoje ela nasceu:

Até que ela é fofa

ELA SÓ DORME NO COLO DA MINHA MÃE!

Ela não deu muitos detalhes, tudo que disse foi que essa dragãozinha seria para a Princesa Amora. Certeza que é para a dragãozinha espalhar o caos no castelo, crescer e devorar a princesa.

Isso vai ser divertido.

O problema é que a dragãozinha acabou de nascer, e minha mãe vai ter que cuidar alguns dias dela, até ela ficar maiorzinha.

Tudo estava tranquilo, até que o Crocky entrou no quarto. Ele olhou para o colo da minha mãe, olhou para mim, olhou para a dragãozinha e começou a rosnar muito alto!

O Crocky estava tão enciumado de não ser mais o único réptil dentro de casa que até tentou escalar a minha mãe pra dar uma mordidona na dragãozinha.

Então, para deixá-la em segurança, ela vai ficar no quarto da minha mãe até crescer um pouco mais, e eu vou tentar manter o Crocky bem distraído criando roupas.

Hoje até pedi para ele criar uma capa de vilão, que apenas vilões poderosos podem ver, num tom perfeito de roxo.

Minha esperança era de que fosse uma coisa impossível, e ele ficasse horas distraído, mas depois de uma hora ele já tinha acabado!

ACHO QUE VOU USAR NO MEU ANIVERSÁRIO:

Você está vendo essa capa?

( ) sim, você é um vilão

( ) não - que pena, não posso ser seu amigo

As horas se passaram e eu já não sabia mais que roupa pedir para o Crocky criar, até um sapato anticalos para o Floreante ele já tinha feito.

Eu estava tão exausto que me joguei no sofá e liguei no *Programa do Tritão*. Não se engane, apesar de esse programa ser um dos mais famosos de Florentia, eu não sou nada fã dele.

Isso porque o Tritão é tio do Kip, que você sabe, é muito sem-noção, então eu tenho um pouco de ranço de ver a cara dele.

Para você ter ideia, o Tritão é tão chato que **EU CAÍ NO SONO DE TANTO TÉDIO!!!!**

Acordei assustado e fui correndo até o quarto da minha mãe. Ela não estava mais lá, mas o burbunga de pepino do Crocky, sim.

Olhando para a dragãozinha de um jeito muito estranho.

Acho que nem ele resistiu ao charme da dragãozinha quando a viu e ele já não estava com ódio mais, na verdade estava todo encantado.

É, o Crocky virou oficialmente irmão-réptil mais velho.

SEXTA - 27 DE MAIO

Oi, troço,

O Crocky não para de chorar lágrimas de crocodilo, e eu nunca sei se são reais ou não, mas acho que dessa vez são.

Hoje foi o dia de dar a dragãozinha para a princesa

É, ele teve que se despedir dela, depois de dias se sentindo irmão mais velho. Ou seja, mais uma vez a Princesa Amora destruindo tudo, por isso eu a odeio.

Tive que passar a tarde toda consolando o Crocky, prometendo dar muita sopa de margarida, um ateliê novo e até a nova ultramáquina de costura 2000 para ele, mas nada o fazia parar de chorar.

A minha mãe voltou horas depois, dizendo que tudo tinha dado certo e que ela tinha deixado a dragãozinha na janela mais alta do castelo para a Princesa Amora a encontrar.

Quando o Crocky ouviu isso, ficou assim:

Aí o Crocky começou a querer saber tudo sobre a princesa. É claro que eu não falo crocodilês, mas ele fez umas mímicas e eu entendi o que ele queria perguntar.

Quanto mais eu contava das minhas descobertas sobre a princesa, mais o Crocky ficava interessado.

Acho que o Crocky foi oficialmente promovido de estilista para estilista E ajudante de vilão. *hehe*

Durante a tarde ficamos pensando em mais e mais formas de capturar a Amora, até que tivemos a ideia de criar um ultravestido capturador de princesa.

O vestido tinha garrinhas e se alguém da realeza o tocasse, ficaria preso para sempre e não conseguiria fugir.

O Floreante chegou bem na hora que a gente estava descansando depois de passar horas e horas montando essa invenção. E você não vai acreditar: ele viu o vestido no chão, ficou curioso e **estragou tudo!**

A gente teve que cortar o vestido

Não fiquei bravo, porque isso mostrou que o vestido estava com defeito. Era para funcionar apenas com pessoas da realeza e, se funcionou com o Floreante, eu tinha muitos ajustes para fazer.

E claro que o Floreante não conseguiu ficar quieto.

— Carambolapimbas, que presente horrível.

— Não é um presente, é uma armadilha — expliquei.

— Armadilha? De vestido? Você quer capturar uma *joaninha*????

— Quê? Uma joaninha nem cabe aí, é pra Princesa Amora — respondi.

A gente estava no meio dessa conversa sem sentido quando minha mãe chegou no meu quarto e o Floreante deu um pulão para fora da janela.

Minha mãe estava com a cara malvada ainda mais maléfica do que a de sempre, então eu sabia que ela tinha pensado em mais um plano vilanesco.

Um brilho roxo, super do mal, brilhava ao redor dela e nas mãos, ela começou a criar isso:

"EU JÁ SEI COMO DESTRUIR FLORENTIA"

É, não sei como que ovos, superfrágeis, poderiam destruir Florentia, mas ela prometeu que logo me explicaria tudo.

Agora vou descansar que amanhã é o dia da festa de aniversário mais incrível do reino.

Oi, troço, eu acabei te perdendo no meio da festa, mas nem dei importância.

Meu aniversário foi a maior festa do ano, achei até que tinha te perdido no meio da bagunça, mas no fim você estava dentro da minha mochila.

Então deixa eu contar pra você como foi **O MAIOR ANIVERSÁRIO DO REINO**!!!

Foi uma enorme festa à fantasia, cheia de coisas legais, todos os meus amigos foram e...

A FLORENTiNA TAMBÉM APARECEU!!!

Ela estava com fantasia de fada-guerreira, sei lá o que era aquele treco e uma máscara.

A chatona andava por todo canto como se estivesse **MUITO** disfarçada e como se eu não tivesse notado que era ela desde o primeiro segundo que a vi.

Ela achou mesmo que eu não ia reconhecer aquele cabelo roxo fluorescente que dói só de olhar para ele? Só ela para ter uma ideia dessas.

A minha festa só ia começar de tarde, então pela manhã a minha mãe e o Senhor Amargus já estavam preparando tudo.

Eles espalharam balões pretos e roxos por todo o jardim, colocaram um pula-pula na grama e tinha até um palco onde minha mãe ia se apresentar.

Os convidados, então, foram chegando. Burke e Kip foram os primeiros e me deram presentes bem… como eu posso dizer?

Dignos de dois burbungas de pepino.

Uma meia com a estampa do Kip

Dois halteres de academia

PIORES PRESENTES DE TODOS!

Depois foi a vez de a Flora chegar.

Sério, quando eu a vi no jardim da minha casa, até comecei a me tremer todo. Então ela me abraçou e eu consegui sentir que o cabelo dela tinha cheiro de mousse de morango. Era tão booooom!

E ela me deu de presente um… Até esqueci o que era, ela me abraçou, já contei isso?

Eu estava nas nuvens, até que **ELA** apareceu.

Primeiro vi aquele cabelo roxo fluorescente que acho que até da lua é possível enxergar, depois vi o pompom feioso de coração e em seguida senti um cheiro horrível de musgo.

Na frente dela havia uma fada pequena, de cabelo curto e castanho, que me abraçou e disse que meu cabelo estava muito legal, mas nem dei ouvidos.

Tinha coisas mais importantes para resolver: **a Florentina e a Lila estavam na minha festa!!!!**

A Lila me abraçou rápido e foi correndo para a festa, já a Florentina teve a audácia de fazer a coisa mais horrível que alguém pode fazer em um aniversário.

ELA ME DEU UM SACO VAZIO DE PRESENTE!!!

Isso foi a maior ofensa de todas. Ela apareceu no **MEU ANIVERSÁRIO** e fez uma coisa dessas??? **QUE TIPO DE PESSOA FAZ ISSO?**

Eu estava prestes a tirar o meu colar e lançar uma maldição na cara feiosa dela, até que do outro lado do jardim eu vi a Flora. Ela estava comendo pipoca caramelizada com chocolate e, sério, até assim ela é linda.

Isso até me distraiu da maldade digna de vilã que a Florentina tinha feito.

Eu estava pronto para me aproximar da Flora, as palavras estavam na ponta da minha língua, mas aí o Crocky começou a morder a barra da minha calça e apontar para dentro de casa.

Pela porta, vi a chata da Florentina correndo para todo canto e a Lila acompanhando. O que *pepinos* essas duas estavam fazendo?

Quando voltei a olhar para a Flora, o Kip já estava do lado dela puxando assunto. QUE RAIVA!

Tudo que sobrou foi seguir o Crocky para dentro de casa e ali estava acontecendo uma cena inacreditável: a Florentina tinha esbarrado na minha mãe!!!!

Fiquei com vergonha por ela...

E, claro, tomei um susto quando vi que a dragãozinha estava aqui em casa **DE NOVO**, então resolvi ficar escondido ouvindo a conversa das duas.

A minha mãe elogiou o cabelo dela **(com certeza foi uma mentira)**, a Florentina continuou a chorar **(uma cena horrorosa)** e, no fim, uma menininha se intrometeu no papo dizendo que a dragãozinha era dela.

Foi nessa hora que eu reconheci quem a garota era: A PRINCESA OLIVIA!!!

ENTÃO ESTÁ COM ELA!!!

Ela se chama **Nebulosa**

Eu assistia à cena surpreso, enquanto minha mãe dava um autógrafo para a Florentina, que estava toda catarrenta. E bom, ainda bem que ela parece saber que a minha mãe não "pode" ser abraçada.

Essa é uma desculpa que ela conta nas entrevistas, falando que o veneno das flores ainda está dentro dela, mas na verdade é para evitar que ela roube magias sem querer quando um fã desavisado a tocar.

No geral, ela consegue tocar em pessoas sem roubar poderes, é só se concentrar para bloquear isso. Mas é melhor evitar toques inesperados, né?

E vendo toda essa cena me veio uma coisa em mente: Será que a princesa Amora não quis o dragão e deu para a irmã?

Ou será que a dragãozinha se perdeu pelo castelo e a Olivia a encontrou primeiro?

Também não me surpreende que a Princesa Olivia esteja aqui. A Florentina é meio que a babá dela, então a Olivia deve ter pedido para vir junto na festa mais legal de todo o reino — eu faria o mesmo.

Aproveitei que a minha mãe estava indo para o camarim se arrumar para o show e resolvi tentar descobrir mais coisas.

— Mãe, você viu que a dona do dragão é a Princesa Olivia?

— Vi — ela respondeu. — Deixei o dragão numa janela do castelo, a Olivia deve ter encontrado primeiro. Não se preocupe e se divirta.

É, tudo bem, mas como eu ia me divertir se o *burbunga de pepino* do meu amigo estava conversando com a menina de quem eu gosto? E a menina de quem eu **NÃO** gosto estava na minha festa espalhando o caos?

Voltei para o jardim e, para piorar tudo, a dragãozinha Nebulosa estava pulando sem parar no meu pula-pula.

Certeza de que foi com o Crocky que ela aprendeu essas coisas. Ele nem para ensinar algo que preste....

Já do outro lado do jardim a Florentina e a Lila estavam comemorando com uma vara de pescar na mão.

Claro que eu percebi que era a vara de pescar que o Floreante tinha dado para ela de aniversário, mas por que carambolas as duas levaram aquilo para a minha festa?

Sério. Naquela hora, eu cansei de tentar entender a bagunça que tinha virado meu aniversário.

Nada ali fazia sentido mais, mas a melhor parte foi a hora da comida, tinha macarrão com queijo gratinado e a Flora estava sozinha de novo.

Então foi minha hora de entrar em ação:

> SUA FESTA ESTÁ MUITO LEGAL!

EU CONSEGUI FALAR COM ELA!!! É, eu sei, ela quem falou comigo e eu só consegui ficar comendo macarrão sem responder nada, mas foi incrível.

Fiquei do lado dela durante o show da minha mãe. A Flora não sabia cantar nenhuma música, e a Florentina estava desse jeito:

Na escuridãaao se force a floresceer

QUE VERGONHA......

E é agora que vem a melhor parte do dia. Por que eu não posso me considerar um vilão sem fazer uma maldade, não é mesmo?

Depois do show, a Florentina, a Lila e a Princesa Olivia foram brincar no escorregador da piscina de bolinhas.

Do lado do escorredor tinha uma fonte de chocolate e caramelo, na barraquinha de pipoca caramelizada. E, bom, na hora que a Florentina foi descer do escorregador, eu fiz isso:

E aí ela caiu de cara na fonte de chocolate e caramelo!!! Sério, eu nunca ri tanto na minha vida.

O melhor de tudo é que ela nem deve imaginar que fui eu, porque ela não sabe que tenho poderes.

Bom, depois que todos foram embora e a minha mãe foi descansar do show, eu e o Senhor Amargus ficamos arrumando o jardim, até que:

É O SEU ANIVERSÁRIO DE 30 ANOS?

Claro que as coisas sem sentido que aconteceram no meu aniversário não estariam completas sem as coisas sem sentido do Floreante, não é mesmo?

Sei lá por que ele pensou que aquele era meu aniversário de trinta anos, mas quando ele olhou para minha cara, ele se assustou de verdade quando percebeu que eu ainda tenho doze.

Ele se teletransportou com a ajuda do Gariberto Quarto e, um segundo depois, estava na minha frente de novo, segurando um presente enorme.

Ainda bem que era maior do que o presente que ele deu de aniversário para a Florentina. E, bom, o presente era isso:

Uma ultracaixa de criações ultracientíficas 2000

Esse presente me deixou muito surpreso!

A ultracaixa de criações é o melhor presente que um inventor pode receber, mas é **MUITO** cara! Também não fazia sentido nenhum ele ter me dado a versão 2000 sendo que atualmente só existe a primeira versão.

Até achei que era uma armação do Floreante, mas não, a caixa tinha o selo oficial das Indústrias Elféticas-Magnéticas, então era oficial.

Você não deve saber disso, porque é só um caderno, mas as Indústrias Elféticas-Magnéticas são uma empresa liderada por elfas mecânicas e a maioria das invenções geniais do reino vem de lá.

Mas, bom, voltando para o meu presente… Quando eu ia perguntar onde é que o Floreante tinha conseguido uma versão tão avançada da caixa, a minha mãe saiu para o jardim e o Floreante fugiu, se teletransportando.

E foi assim que meu aniversário foi a melhor festa do reino. Tá, talvez um pouco sem sentido e o maior caos, mas no fim foi legal!

Fiquei do lado da Flora, todo mundo da escola me ama ainda mais porque a Rainha Noturna se apresentou na minha festa e ainda aprontei com a cara da Florentina.

Feliz doze anos para mim!

SEGUNDA - 13 DE JUNHO

Oi, troço,

Lembrei que não contei sobre os ovos que vão destruir Florentia, né? Esse plano vai ser o plano mais malvado que um vilão já teve!!!

Nós somos os **melhores** vilões!

Sério, as outras vilãs vão sair chorando por serem superadas pela maior vilã de todas: minha mãe.

Ela me contou tudo. Dentro dos ovos existem criaturas bem raivosas, feitas de fumaça e que podem se transformar no animal que quiserem.

Ela os criou com um segredo, apenas pessoas da realeza podem controlar as criaturas e é assim que ela vai controlar os seis monstros para destruir todo o reino.

E se por acaso eu precisar continuar o plano, posso controlar as criaturas também. Isso é genial!

Tudo que ela precisa fazer para o plano dar certo é lutar contra a Rainha Stena antes, prendê-la e começar a destruição.

E nada melhor para isso do que o dia do Festival Outonal, quando a minha mãe vai fazer um show logo depois da apresentação de talentos.

E lembra da máquina que eu ia fazer para apresentar no concurso? Pois bem, é aqui que ela entra.

A ideia da máquina que faz bolo de chocolate foi substituída por uma ideia bem vilanesca:

MÁQUINA ULTRASSÔNICA TRANSMISSORA DE SONS

A minha máquina amplia o som do microfone para todo o reino

Então, após a minha apresentação, vou deixar a máquina no palco para minha mãe usar e conseguir controlar toda a Florentia com a voz dela!

É O MELHOR PLANO VILANESCO DE TODOS.

Desde o dia em que os ovos foram criados, minha mãe tem os alimentado com maldade e, há alguns dias, ela espalhou os ovos pelo reino.

O plano era eles ficarem escondidos até o dia do Festival Outonal, que é quando as criaturas vão se chocar.

A parte ruim é que as autoridades de Florentia encontraram os ovos e os mandaram para um especialista, achando que são de uma criatura rara.

Mas não tem problema, os ovos são indestrutíveis.

Os ovos estão com o **Doutor Epimênides**. Ele é o estudioso de criaturas mágicas mais renomado de Florentia e pai da Lila.

Que, para meu azar, é melhor amiga da Florentina.

Eu tinha esperanças de que a Lila e a Florentina não enfiassem o nariz nisso, mas **eu não devia ter subestimado essas duas**.

A Lila não parava de falar do quanto o ovo era FOFO

Elas estavam cuidando de um dos ovos como se fosse um **bebezinho**.

Eu já devia ter me acostumado com isso, já que convivo com o Floreante todo dia e não existe ninguém que faz coisas mais inesperadas do que ele, mas tem dias que essas duas conseguem superar.

Sei lá o que deve ter acontecido, mas a Lila parecia saber o que estava fazendo, tentando manter o ovo quente enrolado naquela manta.

E, como sou esperto, isso fez uma teoria surgir na minha cabeça sobre o que as autoridades querem com os ovos. **Vou te contar logo, logo.**

Naquela hora, todo mundo da escola estava começando a ficar curioso sobre o ovo e eu precisava fazer alguma coisa para distrair todo mundo senão ia levantar suspeitas.

> OLHA ALI, ELAS TÃO CHOCANDO UM OVO!!!

Com isso toda a escola começou a zombar da cena e pararam de ficar curiosos sobre que ovo era aquele.

E mais uma vez eu consegui fazer da vida da Florentina um pesadelo ao mesmo tempo que protegi o nosso plano maléfico para destruir Florentia.

Acho que fazer doze anos me fez virar um vilão ainda melhor, gostei disso.

Quando voltei para casa, contei para a minha mãe tudo que eu tinha descoberto:

— Mãe, a filha do Doutor Epimênides está com um dos ovos e ela o está mantendo quente. Acho que estão tentando chocar as criaturas.

ISSO É AINDA MELHOR DO QUE O PLANEJADO!

Isso era mesmo melhor do que o planejado.

O Doutor Epimênides ia manter os ovos seguros até a chegada do grande dia. Como ele ama criaturas mágicas e descobertas, ele faria de tudo para proteger os ovos.

O plano não poderia ser melhor.

ACAMPAMENTO FLOREIOS DE SOL

ACAMPAMENTO FLOREIOS

AUTORIZADO POR FLORENTIA

02 DE JULHO - NINFEIA, FLORENTIA

Descobrir se a Flora é a princesa

Encher a Florentina

Minha mãe odeia ela

POR Duquesa Varola

Ganhar esse troféu

A MELHOR DIVERSÃO MÁGICA DAS SUAS FÉRIAS SOLARES!

(e não mágica)

Bobeira pura

COMPETIÇÕES DIVERTIDAS, CAÇAS AO TESOURO, HISTÓRIAS NA FOGUEIRA, DIVERSÃO E MUITO, MUITO MAIS!

PARA MAIS INFORMAÇÕES E INSCRIÇÕES, CONSULTE O ESTANDE NA PRAÇA CENTRAL

QUINTA - 16 DE JUNHO

Oi, troço,

Hoje a nossa escola recebeu um convite para participar do Acampamento Floreios de Sol. Só os melhores alunos foram escolhidos para ir, então é claro que eu vou.

O acampamento em si é uma bobeira pura. As escolas competem para ganhar um troféu bobo, mas você sabe... eu nunca perco nada.

ENTÃO PRECISO GANHAR ESSA COISA.

Quem amou a notícia foi o Floreante, porque isso quer dizer que a sereia de quem ele gosta finalmente estaria fora da água e ele poderia falar com ela.

ELE ME SACUDINDO PARA QUE EU O LEVASSE COMIGO:

O Floreante quer que eu faça o quê? Coloque ele no meu bolso? Tipo, é só ele se teletransportar até lá!

E, além disso, ele vê o futuro. Não sei por que estava tão ansioso se simplesmente poderia saber **TUDO** que ia acontecer.

Mas como o Floreante é o Floreante, tive que prometer que eu o levaria comigo e que ia ajudá-lo com a moça por lá.

POR UMA SEMANA. MUITO LONGA.

É, o acampamento vai durar uma semana. Os melhores alunos vão, o que é ótimo porque a Flora também foi escolhida e o que é péssimo porque a Florentina também vai estar lá.

Sério, eu nunca vou ter paz dessa menina? Todo lugar a que vou ela também está!

ELA SÓ ME PERSEGUE!!!

E, claro, preciso falar sobre a **Princesa Amora**. Não sei se ela tira notas boas, mas estudar é o MÍNIMO que ela tem que fazer como princesa, né?

Então acho que ela também foi escolhida e ainda tenho palpites de que seja a **Flora**.

Preciso deixar os sentimentos um pouco de lado e tentar descobrir se ela é mesmo a princesa ou não, e vou aproveitar o acampamento para ficar de olho.

A parte ruim desse acampamento bobo é que vou ficar uma semana fora e não vou poder ajudar a minha mãe com o nosso plano vilanesco.

E eu adoro ajudar no plano.

Vou tentar dar o meu melhor para ser útil no acampamento e encontrar a Princesa Amora por lá.

DOMINGO - 19 DE JUNHO

Oi, troço,

O Floreante não para de me implorar por um plano para ele poder conversar com a sereia de quem ele gosta.

Sério, ele não parava de insistir, até que eu me lembrei que na terça tem um festival aqui no reino: a Festa Solar, que é bem colorida, feliz até demais, e blá-blá-blá, aquela chatice de sempre.

Normalmente várias pessoas do reino vem comemorar na Praça Central de Florentia, incluindo as sereias, então talvez a moça de quem ele gosta venha!!!

Você tinha que ver a cara do Floreante quando me sentei na escrivaninha e comecei a montar um plano, ainda mais porque a Festa Solar é a favorita dele.

1 Encontrar a crush do Floreante. **Ela é uma sereia**

2 Falar com ela que eu tenho um amigo precisando de ajuda de uma sereia

3 Floreante vai estar caído na fonte e ela vai salvá-lo

4 O momento vai ser lindo e ela vai ficar apaixonada

Claro que o Floreante amou o plano e parou de encher a minha paciência. **Eu já não aguentava mais.**

A Festa Solar também vai ser a oportunidade perfeita para outra coisa: zoar com a Florentina. ***hehe***

E TEM TUDO A VER COM ISSO AQUI:

Me aguarde...

TERÇA - 21 DE JUNHO

Oi, troço,

Hoje foi a Festa Solar, com direito a todas as maldades que eu planejei.

> TÔ PARECENDO UMA SAMAMBAIA-FLORIDA DANÇANDO TANGO?

Não faço ideia do que "se parecer com uma samambaia-florida dançando tango" quer dizer, mas se ele queria impressionar a sereia precisava se esforçar mais.

Então arranquei aquele um milhão de flores e joguei nele um pouco do meu perfume de hortelã e mirtilos. É impossível alguém resistir a esse cheirinho.

Além disso, tem toda uma superstição por Florentia de que o Floreante Viajante sempre aparece na Festa Solar e presenteia a pessoa mais legal do evento.

E é claro que ele tinha que dar esse presente para a moça, ela com toda certeza ficaria muito apaixonada.

De longe, eu o vi terminando de fazer uma pulseira e eu tinha certeza de que o plano seria perfeito.

A festa estava toda colorida, com flores e coisas de milho espalhadas por todos os cantos.

E eu simplesmente **ODEIO** essa festa.

Ela é colorida até demais, parece uma Florentina em formato de festival, tem muita música chata e quem é que gosta de comida de milho? É muito ruim.

Eu queria ir embora o mais rápido possível, mas antes precisava começar meu plano: empurrando o Floreante na fonte da praça, e isso até que foi bem divertido.

Depois fui procurar pelo festival a sereia de que o Floreante gosta, só que no meio do caminho lembrei que ele não tinha me falado nem **O NOME DELA**!!!

COMO É QUE EU IA PROCURAR ALGUÉM QUE EU NÃO FAÇO IDEIA DE QUEM SEJA?

Só que ele já estava na água esperando e eu não podia perder tempo. Só sabia que ela estava trabalhando em uma barraquinha e, afinal, não deveria ser difícil encontrar uma sereia que fizesse o tipo do Floreante.

Até que eu a achei.

PARECIA O FLOREANTE
VERSÃO SEREIA:

Coloquei meu plano em ação, falando que um amigo estava precisando de ajuda, e ela não pensou duas vezes antes de me seguir.

Quando a sereia viu o Floreante todo caído na fonte, ela pulou dentro da água exatamente como eu tinha planejado. E aí isso aconteceu:

SCORPIO??
NÃO É ELA...

Desculpa, mas eu ri muito nessa hora. Foi muito engraçado ver o Floreante quase se declarando para a sereia errada. Sério, a cara dele foi a melhor.

E não, não foi de maldade, juro! Achei que ela era a sereia certa mesmo, porém o Floreante ficou tão bravo comigo que ficou me chamando de burbunga de pepino o festival todo.

Valeu a pena? Claro que sim.

Deixei o Floreante sozinho para ele fazer, sei lá, as coisas *floreânticas* que ele sempre faz e fui colocar em ação o meu outro plano.

Não poderia ser melhor, pois no meio do caminho acabei encontrando o Burke e o Kip e pedi a ajuda deles para fazer uma pequena maldade com a Florentina.

ELA ESTAVA VENDENDO DOCES:

que roupa feiosa

Eu já imaginava que ela estaria presente e eu tinha pensado no plano perfeito para estragar o dia dela, o que envolvia as aranhas de brinquedo.

Quando a Florentina e a avó se distraíram com o Kip fingindo estar interessado em alguns doces, eu e o Burke fomos até o fundo da barraquinha e começamos a colocar as aranhas de mentira nos doces.

Foi muito divertido porque, depois de alguns minutos, todo mundo que tinha comprado os doces estava reclamando que havia aranhas neles e ninguém mais queria comprar na barraquinha da Florentina.

Eu e meus amigos rimos até a barriga doer e, como sobraram aranhas, fomos espalhar mais algumas pelo festival.

E acredite se quiser, acabei me esbarrando no Floreante, e ele estava desse jeito:

COMPREI NA BARRACA DA SEREIA CERTA!

Que bom que o plano dele tinha dado certo também, porém conhecendo o Floreante, aposto que ele só deixou o dinheiro no canto, pegou todos os produtos e saiu correndo sem nem falar com a moça.

Sério, certeza que ele fez isso.

E se prepara que agora vou dizer uma coisa muito inesperada: **eu preciso elogiar a Florentina.**

É, eu sei, ela é minha arqui-inimiga, mas tenho que reconhecer que ela é inteligente. Até demais.

Isso porque para resolver a situação das aranhas nos doces, ela fingiu que tudo fazia parte de um torneio da barraquinha e quem achasse uma aranha de açúcar ganhava todos os doces que a pessoa quisesse.

TORNEIO doces solares da DULCE

ENCONTRE A ARANHA-AÇUCARADA DENTRO DOS NOSSOS DOCES E GANHE TODOS OS DOCES QUE VOCÊ QUISER!

*PROIBIDA A PARTICIPAÇÃO SE SEU NOME FOR SCORPIO

AFF, QUE CHATA!

Tenho que reconhecer que foi um bom plano, talvez ela não seja tão sem-noção como eu imaginava.

Mas claro, não pude deixar de rir da cara dela e da Lila enquanto elas dançavam superdesengonçadas na festa. Eu estava quase rolando no chão de tanto rir, até que, para o meu choque, o Floreante se aproximou das duas e deu um **PRESENTE** para elas.

O Floreante sempre presenteia a pessoa mais legal da festa, então quer dizer que ele achava a Florentina mais legal do que **EU**?

Essa foi a traição mais traidora entre todas as histórias de vilões. Aquela bruxa dos doces estaria se contorcendo de inveja agora vendo essa maldade enorme.

Agora é para valer, não quero ver o Floreante **NUNCA MAIS** na minha vida.

SEXTA - 1º DE JULHO

Oi, troço,

EU ESTOU DE FÉRIAS!!!

Não gosto de ficar sem estudar, porque amo as aulas de matemática e me enchem de ideias, mas até que vai ser legal ganhar aquele acampamento bobo.

E, falando em coisas bobas, o Floreante não me deixou em paz a semana toda!

Pedi para o Crocky expulsá-lo toda vez que ele brotasse no jardim, e ele fez seu papel de crocodilo-guardião muito bem.

Eu estava sem acreditar que ele tinha me trocado pela Florentina.

Que tipo de irmão mais velho melhor amigo quase imaginário faz isso???? Ele deveria saber o quanto isso me deixaria chateado.

Eu estava fugindo dele com todas as forças, até que não deu para fugir mais e eu esbarrei nele quando estava colocando o lixo para fora:

> TOMA, É PARA VOCÊ!

Ele pegou a torta na **MINHA COZINHA** que a **MINHA MÃE** tinha feito.

Eu estava tão bravo que quase taquei o saco de lixo na cabeçona do Floreante, mas ia sujar o chapéu dele que eu acho muito estiloso.

Até que ele começou o seguinte papo:

— Gariberto Quarto disse que você tá bravo porque não gosta da Beterrabinha. De novo.

— E ele tá certo, **NUNCA** que ela é mais legal do que eu — resmunguei.

— Vocês dois são supimpesa e acho que seriam mais ainda se fossem amigos.

— Eu nunca vou ser amigo dela.

— Vai, sim. Toma isso.

Foi isso que ele me deu →

O Floreante encheu a minha mão de folhinhas de antienjoo, o que eu conhecia muito bem porque minha mãe sempre me dá isso quando viajamos.

Apesar disso, o que o *burbunga de pepino* do Floreante disse me fez pensar. A Florentina era mesmo inteligente, o plano dela na Festa Solar tinha sido genial e até superou a minha maldade.

Não sei se é porque o Floreante é irritante demais e eu queria que ele parasse de encher minha paciência, ou se é porque ele vê o futuro e eu queria dar uma chance, mas.... *AFF, eu não acredito que eu vou admitir isso.*

Mas eu vou **TENTAR** não ser tãããão malvado com a Florentina no acampamento. O Floreante Viajante conseguiu, uma salva de palmas para ele.

Mas agora tenho um plano de vilão para continuar:

Minha máquina está nascendo!

Passei a tarde toda continuando meu projeto da ultramáquina de som e mais uma vez o Floreante salvou o dia, porque a ultracaixa de criações ultracientíficas estava ajudando muito.

Preciso que isso seja perfeito, porque essa máquina vai ser uma das coisas mais importantes para o nosso plano vilanesco dar certo e pegarmos Florentia de volta.

Não vejo a hora de ser um príncipe.

SÁBADO - 2 DE JULHO

Oi, troço,

Hoje nós fomos para o Acampamento Floreios Bobos de Sol.

O Crocky queria vir comigo, chorou mais e mais lágrimas, mas não consegui esconder um crocodilo na mochila, então ele não pôde.

E, carambolapimbas, o acampamento é muito longe! Nossa turma veio de ônibus, e o ônibus parecia um liquidificador de tanto que balançava.

Tive que ficar toda hora mastigando as folhinhas antienjoo que o Floreante me deu, mas uma hora não resisti e tive que correr para o banheiro.

Quando abri a porta, outra pessoa também estava passando mal, esperando para entrar.

ERA A FLORENTINA →

Sério, ela estava com uma cara tão feiosa que deu pena e eu tive que perguntar se ela estava com enjoo também.

Antes que pudesse me responder, ela correu para o banheiro e me fez ver a cena mais nojenta que eu já vi na vida: **a Florentina vomitando. BEM NA MINHA FRENTE.**

Não quero nem me lembrar dessa cena traumatizante.

Naquele momento pensei em ser malvado, mas aí me lembrei do Floreante, que é tipo um anjinho do bem no meu ombro sussurrando para eu não fazer maldades, e me segurei.

Ele tinha me dado as folhinhas antienjoo, então resolvi compartilhar algumas com a Florentina.

Falei que foi minha mãe que me deu

Não queria revelar que sou amigo do Floreante, um dos maiores mistérios de Florentia, porque essa menina é uma fofoqueira.

E você tinha que ver a cara da Florentina. Estava superdesconfiada, como se essa folha fosse alguma pegadinha minha e, bom, eu não a culpo.

A maioria das coisas que eu fiz com ela foram maldades mesmo, mas ela estava tão desesperada que começou a mastigar as folhinhas.

E, no fim, até me agradeceu.

Naquela hora, sei lá, ela estava toda feiosa, mas ela ter me agradecido e sorrido me fez sentir um calorzinho no coração.

Acho que ser bom não é tão ruim assim.

Depois de longos minutos o acampamento chegou e que lugar... **feio**. Os chalés eram minúsculos, havia muitas flores coloridas para todos os cantos e mais e mais pessoas irritantes espalhadas por todo o lugar.

A galera da Escola de Magia de Florentia soltava magia pelas mãos, se achando os mais poderosos da galáxia, enquanto os alunos do Instituto das Sereias e dos Tritões se achavam ainda mais superiores.

Eu estava vendo aquela cena patética quando uma monitora se aproximou da minha turma.

> EU SOU A SENHORITA YARA!
>
> SOU MONITORA DE VOCÊS!

Calma, **ELA É UMA SEREIA E MONITORA!!!**

Naquele momento eu tive certeza de que ela só poderia ser a moça de quem o Floreante gosta. Sério, não acredito que finalmente a conheci!!!

Ela nos levou para almoçar, e a comida era muito boa, mas era meio difícil de comer com um Floreante assobiando o tempo todo para mim.

É sério. Ele tinha se escondido atrás de um arbusto e não parava de me chamar.

— É ela, você viu? Linda igual a uma xícara do período imperial arco-florentiano.

— Vi, ela vai ser monitora da minha turma. Só não estraga tudo, por favor.

Eu queria sumir, sério.

— Eu? Só vou silenciosamente bisbilhotar de longe.

E aí ele se teletransportou com a ajuda do Gariberto Quarto e eu tinha a certeza **ABSOLUTA** de que ele ia, sim, estragar tudo.

Depois do almoço, a Senhorita Yara nos levou até o nosso dormitório e sinceramente... é horrível.

Nem um ogro dormiria nesse troço, não servia nem para gravar um filme de terror. Foi tão deprimente que só me joguei no chão e fiquei pensando como é que eu troquei minha mansão por isso.

Passar as férias criando invenções com o Senhor Amargus ou planejando maldades de vilão com a minha mãe seria mil vezes mais legal.

Para piorar tudo estou aqui sozinho. O Burke e o Kip são dois cabeças de batata e só tiram nota ruim, então nem foram escolhidos para essa excursão.

Vendo todo mundo jogado no chão e quase chorando, a Senhorita Yara resolveu animar a turma e nos chamou para brincar de mímica.

E, tá, até que foi divertido...

Nem fazer mímica ela sabe

Já a Flora... Eu, sei lá, não lembro o que ela estava fazendo. A Florentina estava tão desengonçada que nem consegui prestar atenção em outra coisa. Sério, é muito engraçado ver ela passando vergonha.

Bom, é melhor eu ir descansar. Amanhã os torneios começam, e eu preciso vencer essa coisa.

DOMINGO - 3 DE JULHO

Oi, troço,

Hoje teve a abertura dos torneios da escola com a dona do Acampamento Floreios, mais conhecida como: a Pessoa mais Irritante de Florentia.

DUQUESA MAIS CHATA DE TODAS

Eu não conseguia nem ouvir aquela voz de pelicano, superestridente e irritante, mas pelo pouco que ouvi, descobri que vão ter três desafios e que a escola que vencer mais provas vai ser a grande vencedora do acampamento.

Se houver empate, teremos mais uma prova para desempatar e blá-blá-blá.

E, nossa, nem ficou na cara o favoritismo dela. Isso porque ela nomeou o nosso time de **"Time paralelepípedo"**.

Um nome bem legal, amo paralelepípedos e formas geométricas, mas com certeza ela escolheu esse nome em forma de deboche, já que os outros times se chamam **Time Alga** e **Time Feitiço.**

E tudo ficou ainda pior na primeira prova do torneio:

PRIMEIRA ETAPA

Correr até o outro lado segurando cinco bolinhas

SEGUNDA ETAPA

Acertar as bolinhas dentro da piscina de bolinhas

TERCEIRA ETAPA

Encontrar peças de um quebra-cabeça na piscina

ÚLTIMA ETAPA

Atravessar uma ponte e levar o quebra-cabeça para o outro lado

E foi na parte da Florentina que deu tudo errado, mas o mais surpreendente de tudo é que pela primeira vez não foi culpa dela.

A ponte era superfina, embaixo havia um lago de lama, mas ela estava indo muito bem atravessando aquilo e se empenhando pelo time.

Até que uma sereia do time inimigo, chamada Coral, usou os poderes dela para a lama balançar, o que fez a ponte tremer e a Florentina cair em cima daquela nojeira.

Em qualquer outra situação eu teria rido horrores daquilo e ia amar a pessoa que fez isso com a Florentina, mas naquela hora só consegui ficar com **MUITA RAIVA**!!!

Queria tirar o meu colar e jogar uma magia na fuça dela, enquanto a Florentina toda enlameada queria voar em cima da menina a chamando de "Cara de Baiacu".

Sério, eu não imaginava que a Florentina pudesse ser tão engraçada.

peixe muito venenoso = sereia muito venenosa

MELHOR OFENSA DE TODAS!

Foi a Senhorita Yara junto com a Lila quem acalmaram as coisas, nos tirando do meio da confusão.

Então voltamos para o nosso dormitório com uma enorme cara de derrota, porque a Escola de Magia que tinha ganhado, enquanto a Florentina estava toda cheia de lama e eu cheio de ódio.

A Senhorita Yara foi tentar arrumar o chuveiro para a Florentina se limpar e eu fiquei do lado de fora do dormitório, tentando pensar num plano para me vingar daquela sereia trapaceira.

Eu estava concentrado nas maldades, até que o Floreante apareceu do nada na minha frente e eu tomei um susto.

> ALGUÉM PRECISANDO DE UM ARRUMANTE DE CHUVEIRO?

Não acredito que *essa* foi a ideia mirabolante que o Floreante teve: fingir que trabalhava no Acampamento Floreios só para se aproximar da Senhorita Yara.

Eu te falei que ele ia estragar tudo.

Porém, por incrível que pareça, o Floreante conseguiu arrumar o chuveiro **(não sei como, porque ele é péssimo com ferramentas)** e chamou a atenção da moça.

> OBRiGADA, SENHOR...?

> É SENHORiTO, SOU SOLTEiRO. SENHORiTO... GUERiBALDO

Você tinha que ter visto a minha cara quando ouvi esse diálogo.

Primeiro porque ninguém fala "senhorito". Segundo porque não acredito que ele já foi falando que é solteiro. E terceiro, "Gueribaldo"?!

Sério que esse foi o melhor nome que ele pensou?

O Floreante precisa mesmo de uma aula de como conversar com a Senhorita Yara ou ele vai acabar estragando tudo antes mesmo de começar.

SEGUNDA - 4 DE JULHO

Oi, troço,

Ontem eu custei para dormir.

A minha cabeça não parava de repetir a cena vergonhosa do Floreante com a Senhorita Yara, e isso literalmente tirou o meu sono.

Não tinha nada de legal para fazer nesse chalé sem graça, então resolvi montar o quebra-cabeça da prova de ontem, para você ver o tamanho do tédio.

E, bom, até que foi uma ótima ideia, porque acabei descobrindo que o quebra-cabeça era uma pista da próxima prova.

Eu sei, sou incrível e até a chata da Florentina ficou impressionada.

ELA FICOU DESSE JEITO:

O quebra-cabeça mostrava uma árvore e foi a Florentina quem descobriu o que significava: a próxima prova seria para escalar algo alto e pegar alguma coisa no topo.

E ela já até tinha um plano: tinha uma poção-alada na mochila, com isso alguém poderia ganhar asas e voar até o alto para vencermos a prova.

Muito inteligente, tenho que admitir. Cada dia que passa ela prova ser cada vez menos uma cabeça de batata oca.

~~Será que ela topa ser uma vilã comigo?~~

Aposto que foi sorte.

A Lila foi escolhida para essa missão, pois ela disse ter experiência em voar e depois ela e a Florentina saíram para fofocar sobre alguma coisa.

Com certeza alguma coisa sem-noção como sempre. Já eu fui andar pelo acampamento para tentar achar o Floreante, que com certeza estaria aprontando mais alguma confusão por aí.

E, acredite, ele levou o disfarce de funcionário a sério mesmo.

Agora ele meio que faz de tudo aqui no acampamento. Tem ajudado na faxina **(ou atrapalhado)**, tem arrumado as coisas **(ou estragado)** e durante as tardes toma café com a Senhorita Yara no chalé de funcionários.

Como eu estava no tédio supremo, pedi uma coisa que nunca achei que ia pedir na minha vida:

Eu pedi para **ajudar** nas tarefas!

Ele nem esperou eu terminar de falar e já foi logo tacando mil coisas na minha cara.

Não sei se ele ficou empolgado porque ia ter companhia nas tarefas do acampamento **OU** se era porque ia ter alguém que fizesse as coisas direito.

Porque, sério, ontem eu vi o Florante limpando as mesas do refeitório usando a própria blusa. Acho que só não foi despedido ainda porque, no fim das contas, ele nem é um funcionário pra poder ser despedido.

Tentando carregar várias vassouras e um balde em formato de coração que tenho certeza de que o Florante trouxe da carroça, eu o segui rumo às tarefas.

O primeiro lugar que fomos limpar foi o chalé das sereias e dos tritões, que, sério, parecia uma mansão superluxuosa. Muito diferente do nosso chalé nojento caindo aos pedaços.

A sereia Coral estava lá, mas quando eu ouvi o que ela estava falando eu fervi de raiva.

> E A MENINA DE CABELO ROXO?

> RI-DÍ-CU-LA.

Quando percebi que ela estava falando da Florentina, quis jogar o balde de coração na cabeçona dela e o Floreante não estava diferente.

Ele não pensou duas vezes antes de se virar para mim e perguntar se a Coral tinha feito alguma maldade com a Florentina e, claro, eu concordei.

E isso fez o Floreante falar a coisa mais legal do dia:

> HORA DO ENTREGAS ESPALHAPI-RINFOSAS ENTRAR EM AÇÃO!

Ou seja, a gente ia aprontar!

O Floreante é sempre um amor de pessoa, mas acho que ele aprendeu muito bem com os gnomos como aprontar e não parou de vasculhar os produtos da carroça dele até encontrar uma poção de feitiço-catapora.

É uma poção que concede a quem beber a capacidade de soltar um **feitiço-catapora** em alguém. Até achei que ele ia me dar a poção para eu mesmo soltar esse feitiço na sereia do mal, mas não.

Fomos até o chalé da Escola de Magia, onde havia fadas voando para todos os lados e bruxos em cima de vassouras. E ali o Floreante falou com ninguém mais, ninguém menos, do que com a **Princesa Olivia**.

FAZER PEGADiNHAS? É COMiGO MESMO!

Acho que é porque a Florentina é babá da Olivia, então ele queria incluí-la na nossa pequena vingança — ela topou no mesmo segundo.

Mal posso esperar para ver essa sereia do mal tendo o que ela merece. *hehe* Bem que o Floreante poderia virar um vilão para me ajudar nas maldades, ele leva jeito nisso.

Depois eu e o Floreante fomos continuar nossa missão como faxineiros e a gente tinha que lavar os caldeirões da cozinha.

Acho que o Floreante estava de ótimo humor, diferente de mim, porque não parava de cantar.

COLORIDO E DELICIOSOOO

Nunca vou entender esse Floreante

Sério, foi nojento e eu não aguentava mais.

Voltei para o meu chalé com a cabeça doendo tanto que eu só queria dormir, mas, quando cheguei, não pude deixar de notar que a Lila e a Florentina estavam muito empolgadas.

As duas estavam tentando resolver uma profecia que dizia alguma baboseira sobre infortúnios rastejando pelo chão de Florentia e blá-blá-blá.

Nem precisei ouvir muito para logo entender que essa profecia era sobre o ataque da minha mãe, então só fiquei quieto vendo se elas iam descobrir alguma coisa.

ATÉ QUE A FLORENTINA ME PEGOU BISBILHOTANDO.

Acho que essa menina tem dom para ser vilã, viu?, porque só o olhar mortífero dela já foi o suficiente para me fazer arrepiar e querer sair correndo.

Sério, ela não para de me olhar. Melhor eu ir dormir porque estou até ficando com medo.

TERÇA - 5 DE JULHO

Oi, troço,

Hoje foi um dia livre aqui no acampamento e, enquanto todo mundo ficou preocupado com coisas inúteis como fazer **desenhos feiosos**, fiquei fazendo uma coisa muito importante:

Pensando em como capturar a Princesa

Já analisei cada uma das minhas colegas de classe e a única que parece um pouco ter chances de ser a princesa é a **Flora**... Mas não consigo pensar em formas de desmascará-la.

Isso me fez sentir como se eu fosse o pior vilão de todos, então fui andar no bosque ao redor do nosso chalé nojento para ver se me ajudava nas ideias.

Até que, mais uma vez, ouvi aquele assobio que eu conheço muito bem: o Floreante estava mais uma vez escondido no meio do arbusto.

— Você é um funcionário agora, seu *burbunga de pepino* — eu disse —, não precisa ficar se escondendo.

— Tô me escondendo dos esquilocórnios. Eles querem comer meu cabelo. Passei condicionador de nozes.

Tá. Só o Floreante mesmo.

> TOMA iSSO! É UM JOGO FAMOSO ENTRE OS JOVENS.

É, ele disse isso.

Sei lá porque ele tinha me dado esse troço. Só voltei para dentro do chalé, até que a Florentina se esbarrou em mim.

— Ah, ér, oi, Scorpio... — ela falou. — Você quer ficar com a gente? Não precisa ficar sozinho.

Olha quem fala, a mais excluída da escola. Eu não estava sozinho coisa nenhuma, porém ela perguntou de um jeito tão... *fofo*? Não, credo, a Florentina nunca vai ser fofa.

Mas até que ela pode ser legal, às vezes... (Não acredito que escrevi isso.)

Por coincidência eu estava com aquele jogo estranho na mão. Ou não, porque nada que o Floreante faz é por coincidência.

O jogo se chama **Fungos & Fungadas** e no fim foi mesmo muito engraçado.

Quem está jogando fica vendado e tem que dizer na intuição, sem olhar a carta: "como", "fungo" ou "fungada". Se a pessoa disser "como", tem que comer o que tem na carta; se disser "fungada", é que ela vai cheirar antes de comer; e, se disser "fungo", ela acha que é um fungo venenoso.

Se a pessoa fungar e for algo ruim mesmo, ela ganha duas moedas, e se for uma comida boa, ela perde a rodada. Já se comer e for algo ruim, ela perde e, se for algo bom, ganha.

O mais legal são as cartas de fungos. Porque se a pessoa comer ou fungar nessa hora, ela perde. Só se salva se a pessoa disser "fungo".

E é tudo na **intuição**, então é muito difícil!!!!

coisa gostosa

coisa nojenta

fungo

E foi jogando esse troço sem sentido, mas muito legal, cheio de comidas nojentas e fungos venenosos, que eu percebi que a Florentina não é tão ruim assim.

E a risada dela é bem fofa.

Ela comeu cocô de unicórnio!

Já eu comi um jiló mofado e, credo, não quero nem imaginar se isso fosse de verdade. Quem ganhou mais rodadas no final foi a Florentina, ao comer uma pizza de rapadura.

Nunca ri tanto na minha vida. Eu queria ficar ali, jogando mais e mais rodadas do jogo, só para rir mais, mas a Senhorita Yara mandou a gente para a cama.

Amanhã é o dia da prova e todo mundo tem que descansar.

E eu acho que eu estou...

Deixa para lá.

QUARTA – 6 DE JULHO

Oi, troço,

Hoje foi dia de prova, e **NÓS GANHAMOS**!!!!!

A segunda prova era exatamente como a Florentina tinha teorizado: havia uma enorme árvore colorida e, lá no topo, um pergaminho.

É, ela é mesmo inteligente.

As outras escolas estavam bem confiantes, porque tinham magia e nós não, mas ninguém tinha montado o quebra-cabeça, então tínhamos uma vantagem.

Aliás, quando olhei para a Coral não pude deixar de gargalhar bem alto. Isso porque a pegadinha da catapora tinha dado certo, e ela estava toda cheia de bolinhas!

BEM FEITO PARA ELA ⟶

A prova se iniciou, e a Lila bebeu a poção-alada. Ela ganhou asas e logo saiu voando para pegar o pergaminho.

O pergaminho dizia: **Colorido e Delicioso**.

O que eu disse? Nada que o Floreante faz é coincidência, e ele tinha cantarolando sem parar essas exatas mesmas palavras enquanto a gente lavava os caldeirões da cozinha.

Contei o meu palpite para o time, e aí a Lila foi voando até a cozinha e voltou com uma caixinha de música.

E pronto:

VITÓRIA PARA O TIME
PARALELEPÍPEDO!!!

Eu estava achando esse acampamento bobo, mas ganhar é tão bom que me deixou feliz de verdade.

Até a Florentina não resistiu e foi até a Coral dizer uma maldade para ela!!! Não ouvi o que ela disse, mas deve ter sido muito malvado, porque a sereia ficou vermelha de raiva.

Carambolapimbas, eu queria ter ouvido isso.

Depois da nossa vitória, voltamos cantando para o nosso chalé feioso, que pela primeira vez parecia menos nojento.

A Senhorita Yara tinha comprado marshmallows e pediu ajuda de um funcionário para fazer uma fogueira para a gente.

> É PRA JÁ, FOGUEIRA SAINDO DO FORNO...

> ENTRANDO NO FORNO, NÃO SEI.

O funcionário era o Floreante

A Senhorita Yara estava por perto, ajudando-o a arrumar a lenha na fogueira e eles até conversaram. Eu, claro, fiquei espiando tudo de longe.

— Essa fogueira vai ficar linda — a Senhorita Yara disse.

— Vai mesmo, peguei madeira do banheiro de gnomos-floridos. São as melhores. Os rabanetes que eles pegam também são ótimos.

Não acredito que o Floreante usou as palavras **"banheiro"** e **"gnomos"** num papo romântico, mas a Senhorita Yara pareceu gostar.

— Você quer ficar? — ela perguntou pra ele. — Tem marshmallow, não é de gnomo-florido, é do supermercado mesmo.

Sério, ela chamou o Floreante para comer marshmallow, certeza que está gostando dele!!!!

Ainda bem que ele estava superirreconhecível, com aquele disfarce de funcionário, sem o chapéu e as pinturas de flores, senão a Florentina com certeza notaria que era o Floreante e espalharia para todo mundo!

Ela estava tão animada comendo marshmallows e fofocando com a Lila que nem percebeu a presença dele. E você não vai acreditar: eis que, do nada, ela tirou o diário da bolsa e começou a escrever.

A FLORENTiNA ESTÁ USANDO O DiÁRiO DO ALDEMiRO

Acho que ela escreve ali todo dia.... **O que será que ela fala de mim?**

Tentei passar algumas vezes atrás dela fingindo ir pegar algo no chalé, mas tudo que consegui ver foi ela fazendo um desenho engraçado da cara da Coral por ter perdido.

Então ela gosta de desenhar no diário que nem eu? Talvez a gente seja mais parecido do que eu imaginav... digo, deve ter sido só coincidência.

Aposto que ela só escreve chatice naquele treco e **ninguém** nunca ia querer ler aquilo.

DIÁRIO DA FLORENTINA:
MAIOR CHATICE DE TODAS

QUINTA - 7 DE JULHO

Oi, troço,

Hoje, DO NADA, a Senhorita Yara disse que queria conversar comigo e depois isso aconteceu:

> QUERO QUE VOCÊS TRABALHEM JUNTOS.

Sim. Eu e a Florentina juntos!

Fiquei olhando para a Florentina sem saber o que fazer. Claro que nos últimos dias ela tinha mostrado que é bem legal e inteligente, mas a gente não poderia trabalhar juntos.

E aí eu disse um grande **NÃO**. O que mais eu poderia dizer? Só que aí um papo começou.

— Sim, quer dizer, não. — Foi o que a chatona disse. — Eu não quero trabalhar com ele.

— Eu que não quero trabalhar com ela. A propósito, ela quem começou quando jogou um sorvete na minha cara.

— Já falei mil vezes que foi sem querer.

Ela de novo veio com esse papinho.

— De qual sabor era o sorvete? — a Senhorita Yara perguntou, entrando na briga.

E nós dois respondemos ao mesmo tempo o sabor: **chocolate.** Lembro muito bem, porque escorreu na minha cara toda e parou na minha boca.

Foi nesse momento que a Senhorita Yara disse uma coisa digna de Floreante Viajante, e eu percebi que os dois realmente foram feitos um para o outro:

— Então com certeza foi sem querer, ninguém desperdiça sorvete de chocolate na cara de outra pessoa. Agora parem de bobeira que temos um mistério para resolver.

Até que o que ela disse fez sentido, então nós tentamos resolver o mistério juntos.

Aquela caixinha de música era a coisa mais horrenda já feita na história das invenções. A construção toda errada, a música era totalmente desafinada e os parafusos estavam 100% desajustados.

Isso fez meu lado inventor querer ter um piripaque.

Nada naquela caixa horrorosa fazia sentido, muito menos parecia ser uma pista para a próxima prova do acampamento.

Não tinha o que fazer além de desistir **(e jogar essa caixinha inútil no lixo).** A Florentina nem quis conversar mais comigo, foi direto fofocar com a Lila.

Admito que estou com saudades do Crocky. Ainda mais quando vi que a Florentina tinha trazido uma companhia, uma bolinha de pelos que ela chama de Poeirinha.

A criaturinha, há noites, não para de pular na Florentina dizendo essas palavras que com certeza significa **"Me entende"**.

É óbvio que essa criatura fala ao contrário, foi só eu ouvir uma vez para perceber. Acho que a Florentina não percebeu e eu que não vou contar.

Aliás, um desafio: se a Florentina descobrir que a criaturinha fala ao contrário, admito de vez que ela é inteligente. Vamos ver se ela vai conseguir. *hehe*

SEXTA - 8 DE JULHO

Oi, troço,

Hoje foi vergonhoso. Sabe aqueles dias que você tenta listar as coisas boas que aconteceram e você não encontra nenhuma?

Hoje foi um dia desses.

Eu acordei me sentindo um burbunga de pepino porque não tinha conseguido desvendar o mistério da caixa de música. Mas, sério, como eu poderia? Nem conseguia olhar para aquela coisa malfeita.

Hoje teve mais uma prova da competição, mas todo mundo da nossa equipe estava desanimado e tudo piorou quando vi que a prova seria no lago.

Na prova, o time que pegasse mais objetos embaixo d'água no tempo determinado vencia. E isso era ridículo de todas as formas possíveis.

UMA SEREIA MANDOU UNS PEIXES PRA ME ATRAPALHAR

De longe eu pude ver a Coral dando caudadas na Florentina e a Lila tentando pegar os objetos, mas sendo atrapalhada por outra sereia. Até a Flora não conseguiu fazer nada.

Falando na Flora... Ér, tem tempo que não falo dela, né? Desculpa, não tenho prestado muita atenção.

Mas você tinha que ver a Florentina. Ela tinha levado tanta caudada na cara que estava com a bochecha supervermelha e inchada.

Fiquei com dó de verdade...

Como esperado, o Time Alga (das sereias) ganhou, o que fez as três escolas empatarem. Eu ia sentir **muita raiva** disso se eu não estivesse tão ocupado olhando a cara da Florentina.

Eu estava tentando segurar a risada com todas as forças e para piorar ela veio falar comigo.

— O que a gente vai fazer? — Ela teve que perguntar.

— A gente eu não sei, mas você precisa urgentemente de uma pomada no rosto.

Juro que eu estava tentando ser legal, tentando segurar a risada e tudo, mas ela não desistiu de falar comigo.

— É sério, Scorpio, aquilo com certeza foi uma armação. Não foi justo.

— Sério? Eu nem percebi.

Calma, não foi uma resposta maldosa! Eu só queria encerrar o assunto e fazer ela ir embora, porque eu estava quase soltando uma gargalhada bem na cara dela e não queria deixá-la se sentindo mal.

Quando chegamos no chalé, a Florentina foi correndo para o banheiro e eu entrei no bosque para procurar o Floreante.

Ele já estava lá, desenhando, e eu nunca o tinha visto fazer isso antes, mas ele é um baita artista.

ELE DESENHOU A YARA NO LAGO!

APAIXONOU DE VEZ!

Ele me deu o desenho para não ter perigo de cair do bolso dele na frente da Senhorita Yara e ele passar a maior vergonha.

Acho que as coisas estão dando certo para ele.

Já para mim, eu nem sei dizer... Não consigo me concentrar em descobrir quem é a Princesa Amora, ser legal esses dias foi bom e me deixou feliz.

Na verdade, acho que estou entrando numa crise existencial de vilão, porque... achei mais divertido fazer coisas boas do que malvadas.

E cada dia que passa eu percebo que a Florentina pode ser mais legal e inteligente do que imaginei.

E EU ODEIO ADMITIR ISSO.

Aliás, quando eu voltei para o chalé, a Florentina estava cheia de pomada na cara **(acho que ela ouviu o meu conselho)**, e ela e a Lila pareciam ter descoberto que a Poeirinha fala ao contrário.

(Pois é, a Florentina venceu meu desafio.)

E não acaba por aqui, porque a Poeirinha tinha descoberto toda a verdade sobre o Acampamento Floreios:

A Duquesa Vanora estava sabotando para as sereias ganharem.

A caixinha de música era uma **pista falsa**.

Amanhã ela faria as sereias ganharem de novo.

Depois eu vi que a Florentina saiu correndo atrás da Poeirinha e tive que seguir.

De longe, eu vi que as duas estavam espionando o chalé da Duquesa Vanora. E carambolapimbas, a Florentina tinha se escondido atrás de um arbusto de **tomate-palhaço**.

Sei muito bem porque foi de um arbusto parecido com aquele que peguei a flor que tentei dar para ela outro dia e ela disse ter alergia.

Acho que amanhã ela vai precisar ainda mais de pomada do que hoje. **(Juro que eu não ri escrevendo isso...)**

Eu queria avisá-la, mas não poderia falar que a tinha seguido, então dei a volta no chalé da Vanora para conseguir espionar também.

> VOVÓ, QUANDO EU VOU VIRAR PRINCESA DE FLORENTIA?

A Coral é neta da Duquesa Vanora, e elas querem ser rainha e princesa do reino????

ISSO NÃO VAI ACONTECER NUNCA!

As únicas pessoas que podem dominar Florentia sou eu e minha mãe, não essas duas chatas.

O pior é que se elas continuarem, isso pode colocar o plano da minha mãe em risco e arruinar tudo que planejamos. Preciso fazer algo, isso não é mais sobre ganhar ou perder o acampamento.

Eu preciso ser malvado mais algumas vezes.

Quando voltei para o chalé, a Poeirinha já tinha contado qual era a prova de amanhã e todo o time estava fritando a cabeça para pensar num plano.

E, claro, eu já tinha algumas ideias.

Então peguei um papel e comecei a desenhar todos os planos que a mente maligna da Duquesa Vanora poderia pensar.

O lado bom de ser malvado é que a gente sabe o que outra pessoa malvada é capaz de fazer.

1. Ela vai cavar um buraco para a gente cair nele

2. Ela vai jogar um feitiço no ar e vamos dormir

3. Ela vai jogar um feitiço congelante

E independentemente da maldade que ela estiver planejando, a gente não precisa fazer nada. Só deixar que a maldade seja feita e filmar para termos provas!

Amanhã o dia vai ser incrível.

Vou fazer o meu time ganhar ao mesmo tempo em que protejo o plano da minha mãe, **e isso vai ser a melhor coisa de todas!**

SÁBADO - 9 DE JULHO

Oi, troço,

Lembra do que eu disse ontem sobre a Florentina no arbusto de tomate-palhaço? Pois é, a cara dela acordou ainda mais inchada.

Eu estava a evitando, para não rir daquilo, mas do nada ela se esbarrou em mim. Fiz tanta força para não rir que eu devo ter ficado mais vermelho que um pimentão, sério.

VOCÊ AINDA PRECISA DE UMA POMADA...

Juro, foi um conselho bondoso, ela realmente ainda precisava de uma pomada. Eu tive que dizer isso, senão eu ia começar a rir e nunca mais ia parar.

E que bom que ela ouviu meu conselho e passou mais pomada na cara, pelo menos o inchaço diminuiu um pouco e eu pude fazer a última prova sem ficar preocupado em rir.

Sobre a prova, quando a Duquesa Vanora subiu no palco e explicou como seria, a gente já sabia de tudo. A Poeirinha estava mesmo certa!

Seria uma caça ao tesouro, e deveríamos achar um baú na floresta, abrir e pegar o troféu lá dentro.

O time que fizesse isso primeiro, ganhava.

A POEIRINHA LEVOU A GENTE ATÉ O BAÚ!

O problema é que o baú tinha um enorme cadeado, com mais de dez números, e é impossível decifrar um cadeado desse tipo.

Sério, a gente ficaria longos anos testando todas as possibilidades.

E foi nessa hora que a Florentina provou que é mesmo inteligente. Eu estava duvidando até aquele momento, mas depois dessa tive certeza.

Porque ela simplesmente pegou o cadeado, sacudiu, sem colocar nenhum número, e **ABRIU DE PRIMEIRA**. Ela só pode ser a rainha das invenções!!!

Eu preciso conversar com ela sobre isso.

O baú, então, abriu nas mãos da Florentina, revelando o troféu com o nome "Time Alga" nele.

Sério, Duquesa Vanora, você precisa melhorar muito como vilã.

E ela precisava melhorar muito mesmo, porque quando viu que a gente estava com o troféu na mão, fez exatamente o que eu disse que faria: jogou um feitiço de gelo na Florentina.

Que previsível.

Ela foi presa e eu salvei tudo!

A irmã da Senhorita Yara é Presidente do Conselho das Sereias, então chamou a irmã para ver ao vivo a maldade da Duquesa Vanora, que foi presa por uso indevido de magia.

E foi assim que nosso time ganhou o Acampamento Floreios, e eu protegi o plano da minha mãe. *hehe*

E, nossa, do nada, a Florentina me puxou para uma foto que a Senhorita Yara estava tirando. Sério, ela me puxou tão forte e me abraçou tão apertado que eu achei que ela estava me dando um golpe de luta.

Sei lá, eu queria uma cópia da foto, mas não deu, então tive que desenhar. Era tipo assim:

Olha o meu desespero ↖

Viu, certeza que ela queria me desmaiar

Todo mundo ficou muito feliz, e a Florentina saiu dando abraços em todo mundo e me abraçou de novo.

Acho que um dia eu disse que ela tinha cheiro de musgo fedido, mas eu estava mentindo.

Ela tem cheirinho de pudim de amora.

~~Eu gosto de pudim de amora.~~

Para comemorar, mais uma vez a Senhorita Yara resolveu fazer uma fogueira e aposto que foi só para pedir ajuda do Floreante.

Você tinha que ver a cara dela. Acho que o Floreante conseguiu mesmo conquistar o coração da sereia, o que é algo surpreendente.

Tinha pizza e doces lá, só que a Senhorita Yara começou a contar a história da Rainha Stena e... eu não queria ouvir aquilo.

A rainha que substituiu minha mãe

A Rainha Stena é forte, uma ótima rainha, e tenho que admitir que tem o meu respeito. Ela era só uma fada humilde que perdeu os pais quando criança e nem imaginava que um dia seria rainha.

Ela foi adotada pela Senhora Dulce, passou a morar no castelo, chamou a atenção da Grã-Rainha Edwina, que resolveu treiná-la e coroá-la rainha, porque "não tinha herdeiros".

Uma história linda, mas ela só virou rainha por cima do sofrimento da minha mãe. Ela não tem culpa e não deve saber da história, pois a Edwina apagou a memória de todo mundo. Mesmo assim, não consigo deixar de sentir raiva dela e da Princesa Amora.

Enfim... É melhor eu dormir. Amanhã é o último dia de acampamento.

DOMINGO - 10 DE JULHO

Oi, troço,

Hoje o dia começou com eu enxugando as lágrimas do Floreante. Sério, ele não parava de chorar.

Foi o último dia do acampamento, então ele não ia mais ver a Senhorita Yara e ela voltaria para o lago das sereias.

E eu fiz a pior coisa de todas: falei para ele se declarar pra ela

Eu não devia ter dado essa ideia, porque depois disso o Floreante ficou insistindo repetidamente para que eu o ajudasse na declaração.

Tá, admito, eu estava animado com a possibilidade desse casal e queria ver o Floreante feliz. Só tenho medo de que... Aff, que bobeira isso de falar sobre sentimentos em um caderno.

Tô parecendo a Florentina.

Mas tenho medo de que ele me abandone depois que tiver uma namorada. Pronto. Falei.

Mesmo assim, montei o plano de declaração mais incrível de todos. Pedi ajuda dos gnomos para decorar uma parte do bosque com luzinhas piscantes e depois eles pegaram alguns doces na cozinha. *hehe*

Só que por mais que eu tenha deixado tudo incrível, o Floreante é um desastre e ele conseguiu estragar tudo.

ERA SÓ ELE IR LÁ E SE DECLARAR!!!

Mas não, ele tinha que inventar de fazer malabares com bombinhas-artifícios antes de a Yara chegar, porque ele estava ansioso e só isso poderia acalmá-lo.

Então no meio dos malabares ele deixou umas das bombinhas-artifício cair no meio da minha decoração e mandou tudo pelos ares.

NÃO SEI POR QUE EU AINDA TENTO

Quando a Senhorita Yara chegou, já não tinha mais clima romântico, estava mais para um clima apocalíptico. Só tinha o Floreante Viajante, sem nenhum disfarce no meio daquela bagunça.

— Seu colega de trabalho, Gueribaldo, pirou na batatinha, explodiu tudo e fugiu — o Floreante explicou.

E foi assim que o Floreante deu um fim no funcionário Gueribaldo.

O mais legal foi o que a Senhorita Yara respondeu:

— Floreante, sei que você é o Gueribaldo e adoro bem mais quando você não se esconde.

Tá, se isso não é uma declaração, não sei o que é. Então o Floreante não precisava mais se esconder em um disfarce, porque se sentia bem e à vontade do jeito que era na frente da Senhorita Yara.

Deve ser muito bom se sentir à vontade do jeito que é com alguém...

FLOREANTE + yARA <3 <3 <3

Juro que nunca imaginei dizer isso tão cedo, mas: Floreante Viajante e a Senhorita Yara são oficialmente um casal!!!

Você acredita nisso? Porque eu não.

Depois da declaração, ajudei os dois a arrumar toda a bagunça do encontro-desastre, e a Senhorita Yara disse que tinha preparado uma surpresa para o nosso time para comemorar a vitória.

Ela tinha feito simplesmente uma festa com nossas sobremesas favoritas!!! A da Florentina era **torta de maçã-alada** e era muito boa (olha que eu nem gosto muito de doce!).

A minha, como você bem sabe, era **torta de mirtilos-nebulosos**. A Florentina até pediu para experimentar um pedacinho e adorou.

Na festa tinha uma música bem legal, a Florentina dançou como sempre daquele jeito superdesengonçado, parecendo um pato usando vestido, mas dessa vez isso não me deu vontade de rir.

Na verdade, eu achei fofo.

No final da festa, vi a Senhorita Yara dando um presente para a Florentina e depois ela saiu para procurar o Floreante e pedir ajuda para fazer uma última fogueira.

Na fogueira, a Senhorita Yara contou mais uma história que me deixou com raiva: a história da *pobrezinha* Princesa Amora, que foi amaldiçoada por uma fada malvada, a Pandora.

COMO CONTAM ESSA HISTÓRIA:

É, a minha mãe. Ninguém sabe que a **Pandora** é a **Rainha Noturna**, mas logo, logo todos vão saber.

E eu estou ansioso para esse momento chegar.

Depois da história, a Florentina correu para o banheiro e ficou lá trancada um tempão. Acho que deu dor de barriga de tanto doce que ela comeu...

Vou separar umas folhinhas de antienjoo para dar para ela amanhã.

SEGUNDA - 11 DE JULHO

Oi, troço,

O acampamento foi uma bobeira pura, mas até que foi legal me divertir com o time, conhecer mais a Florentina e ver o Floreante Viajante tendo um final feliz!

No ônibus, percebi que a Florentina ainda estava passando mal e dei as folhinhas de antienjoo que eu tinha separado para ela.

Acho que nós não somos mais arqui-inimigos.

Foi tudo muito divertido, mas agora eu preciso voltar para as minhas responsabilidades de vilão.

Eu sei que eu disse que não ia mais ser malvado, mas a minha mãe precisa de mim.

Isso porque, quando cheguei em casa, ela estava meio que desesperada, andando de um lado para o outro. Até que berrou:

> TRANCARAM OS OVOS EM UMA MASMORRA!

Isso era um grande problema, e a minha mãe parecia mais maléfica do que nunca.

Sobre os ovos, se estivessem presos em uma masmorra quando as criaturas nascessem, elas não conseguiriam ir ao encontro da minha mãe e nosso plano seria um fracasso.

Então tentei acalmá-la e desenhei um novo plano:

① Ela vai até a torre, luta contra as guerreiras e a Rainha Stena

② Ela busca **os ovos** e os leva para o show dela

③ Quando o show começar, as criaturas estarão no palco

Era um plano simples e óbvio, mas foi o suficiente para minha mãe ficar um pouco mais calma. Não sei o que está acontecendo com ela, mas tem uma coisa muito errada.

Ela parece enfeitiçada, ou até mesmo amaldiçoada... Ela nem sempre foi malvada assim e cada dia que passa parece piorar.

Pedi para o Senhor Amargus comprar uma sopa de rabanetes para ela, porque ela costumava comer isso com o irmão e acho que a deixa bem.

Dito e feito →

Essa sopa sempre a deixa feliz e ela sempre relembra a infância.

Ela tomou toda a sopa, e por fim, a ajudei a deitar na cama. Não consigo imaginar como foi difícil tudo que ela passou na infância e com o irmão...

Deixei minha mãe descansar e fui correndo para o jardim procurar pelo **Crocky** (admito que eu estava com saudade dele).

Quando o Crocky me viu, veio correndo me dar um abraço e logo em seguida começou a me medir com uma fita métrica

(de um jeito bem atrapalhado), para já criar uma nova roupa para mim.

Eu estava rindo do Crocky quando o Floreante apareceu, saltitante até demais. E você sabe, ele já é saltitante, mas dessa vez estava além do normal.

Ele só se jogou na grama ao meu lado, deitado e olhando para as nuvens, como se estivesse superfeliz.

Foi o Gariberto Quarto que veio até o meu ouvido e me disse o que estava acontecendo.

Como você sabe, sou fluente em gnomês e ele disse que a Yara e o Floreante vão ter um encontro amanhã!!!

Boa sorte para mim, porque a noite vai ser longa tentando ensinar ao Floreante como se comportar num encontro… **Isso vai ser impossível.**

TERÇA - 12 DE JULHO

Oi, troço,

Fiquei ontem durante a noite toda tentando ensinar o Floreante como se portar em um encontro e o mais inacreditável de tudo é que nossas aulas foram... boas.

Para você ter ideia, ele até aprendeu a tomar chá na xícara, cheio de classe. Como você sabe, antes ele tomava chá direto do bule, virando tudo na boca, era uma cena desesperadora.

Ele ainda prefere esquentar a água no fundo da panela, em vez de usar a parte de dentro, mas fazer o quê.

Sobre o encontro, todo mundo quis ajudar: o Crocky fez questão de criar uma roupa bem chique para o Floreante e até o Gariberto Quarto passou condicionador no cabelo dele para ficar bem macio e cheiroso.

A Senhorita Yara não ia resistir →

E você tinha que ver o quanto a carroça estava bonitona. Meio que está ligada às emoções do Floreante, então como ele estava apaixonado, a carroça estava ainda mais florida do que antes e tinha até um cheiro de morangos pelo ar.

Não gosto muito de coisas floridas e coloridas, mas a carroça conseguiu impressionar até a mim, então com certeza a Senhorita Yara iria amar.

O plano do Floreante era levá-la pela primeira vez na carroça mágica, faria pizza e, claro, sem nenhum gnomo-florido por perto para atrapalhar.

E foi aí que o problema começou.

Assim que o Gariberto Quarto ouviu que os gnomos seriam banidos do encontro, ele disse uma montanha de palavras feias que eu nem tenho coragem de escrever aqui.

E olha que sou um vilão, foi uma cena de dar medo. Ainda mais que o Gariberto tinha gastado seu precioso tempo passando condicionador no cabelo do Floreante, então ele se sentiu muito traído.

E ficou ainda pior...

Eu seria **babá** de gnomo

O que sem dúvidas é melhor do que ficar na carroça e ter que ficar ouvindo esse encontro vergonhoso e todas as coisas vergonhosas que o Floreante ia dizer, mas ser babá de gnomo???

Eu nunca fiz isso na minha vida.

O Gariberto Quarto já assumiu seu posto no meu cabelo, igual ele faz com o Floreante, e começou a cochichar várias ordens no meu ouvido.

Como por exemplo: mandar o Aldemiro Segundo procurar marshmallows, ordenar para que o Filomeno Décimo pegasse gravetos e até sacudir o Zenobildo Oitavo até que ele conseguisse acender uma fogueira.

Juro que só pensei que o Gariberto Quarto queria comer marshmallow tostado, olhando para as estrelas e contando histórias ao redor do fogo.

Quem diria que um dia eu seria enganado por um **gnomo**, porque eu não podia imaginar os planos maléficos que o Gariberto estava planejando.

Tudo começou comigo dando as ordens que ele havia me cochichado e logo todos os gnomos estavam ajudando a montar a fogueira.

UMA FOGUEIRA BEM... iNUSiTADA:

Depois o Zenobildo Oitavo veio com duas pedras para criar fogo e acender a fogueira. E, então, Aldemiro Segundo se teletransportou com centenas de marshmallows junto a outros gnomos.

A noite estava legal, com os marshmallows, o calor da fogueira e o céu estrelado. Eu estava quase tendo uma ideia superinspiradora, até que...

Sério, a Senhorita Yara e o Floreante estavam cheios de fuligem e estavam com tanto cheiro de fumaça que parecia que eles tinham feito uma fogueira dentro da carroça também.

Mas não... Tudo isso foi friamente calculado pelo Gariberto Quarto.

Ele viu a direção do vento, teve a ideia de fazer uma fogueira e a montou bem no local onde toda a fumaça voaria direto para dentro da carroça do Floreante.

Ou seja, o encontro não durou nem cinco minutos!!!!!

Para piorar, quando o Floreante Viajante perguntou quem é que tinha tido essa ideia de girino, todos os gnomos apontaram para mim... porque, afinal, eu que tinha dado as ordens.

Gariberto Quarto

O rei da maldade

Sério, esse Gariberto Quarto me paga. Ainda mais porque fiquei horas e mais horas ajudando o Floreante e a Senhorita Yara a limpar toda a fuligem de dentro da carroça.

Até a pizza que o Floreante fez ficou ultramega-hiperdefumada.

Então o encontro romântico dos dois no fim virou um dia de faxina. Sério, esses dois não têm mesmo sorte.

O triste é que a Senhorita Yara teve que se despedir do Floreante, já que ela precisaria voltar para o lago das sereias e continuar suas tarefas por lá.

E então, assim que ela pisou para o lado de fora da carroça, toda a carroça murchou e ficou em preto e branco, bem como as emoções do Floreante deveriam estar naquele momento.

Para tentar animá-lo, eu dei a ideia de ele ver o futuro dos dois juntos e, sério, nem triste ele perde a chance de me ofender.

— Isso é trapacear, seu burbunga de pepino.

— Aham — resmunguei —, mas aposto que você já viu o meu futuro com a Florentina.

E carambolapimbas, a carroça de repente voltou a ficar supercolorida, parecia que um unicórnio tinha vomitado lá dentro e o Floreante ficou com uma cara que eu nem sei dizer o que significa.

CLARO QUE EU VI HIHI

Obviamente, esse cabeção de alface não quis me contar o que é que ele viu e, sério, na verdade eu nem me importo.

Então me despedi dele, peguei um pedação da pizza ultra-mega-hiperdefumada e fui para minha casa.

Meu futuro com a Florentina, oras.

Que coisa mais sem-noção.

SÁBADO - 16 DE JULHO

Oi, troço,

Lembra que eu disse que eu tinha uma prima por parte de pai que eu nunca tinha visto na minha vida?

Pois é. Eu a vi hoje.

ELA BROTOU NA MINHA CASA!!!!

A família do meu pai, a família Diabrotic, morava numa região bem afastada do centro de Florentia, porém meu pai veio estudar mais perto do castelo, e por ali conheceu minha mãe.

Depois que se casaram, eles vieram para a Mansão Sombria dos Diabrotics, que estava abandonada, e nunca chegaram a conhecer a família um do outro.

ESSA É A NOSSA ÚNICA FOTO EM FAMÍLIA:

Então ninguém da família Diabrotic sabe que minha mãe é a famosa Rainha Noturna e não foi hoje que eles ficaram sabendo.

Isso porque a minha mãe tem uma personagem chamada "A Mãe".

Um nome nada criativo, eu sei, mas é bem prático. Ela sempre se transforma nessa personagem quando tem reuniões da escola ou coisas do tipo, e é essa pessoa que as pessoas acham que é a minha mãe.

> NÃO ESQUECE A BLUSA DE FRIO. FALEI CERTO?

Sério, esse deve ser o poder mais legal de todos. Queria ter herdado isso.

E, bom, na noite anterior a minha mãe tinha recebido uma carta-alada da irmã do meu pai.

> Querida Pandora,
>
> Há quantos anos não nos falamos! Espero que tudo esteja bem na Mansão Sombria e com o pequeno Scorpio, que já não deve ser pequeno mais.
>
> A última vez que Orion me enviou fotos, ele era pequeno, mas bem, muitos anos se passaram.
>
> Escrevo-lhe pois minha filha Sadi está de passagem no centro do reino para tratamentos médicos e gostaria de saber se ela pode dormir esta noite na Mansão.
>
> Ela deve chegar por volta das três da tarde e está bem animada para, finalmente, conhecer o primo.
>
> Abraços,
> *Oniria*

Deve ser o símbolo da nossa família, eu nunca tinha visto

Quando deu três horas da tarde, eu e minha mãe estávamos sentados no sofá, ansiosos.

Sei lá se essa prima minha seria uma desonra para a família Diabrotic do tipo que só usa roupas coloridas, ou se seria chata, ou (o pior de tudo) se seria **MAIS VILANESCA** do que eu.

E quando ela chegou, foi isso que eu vi:

SADI DIABROTIC

Borboletas do poder dela

Tartaruga-cogumelo

Ela é estilosa, gostei

Mas é meio mal-humorada

Quando a vi naquela hora, não soube o que dizer. Ela não parecia nada simpática e logo notei que ela tem o poder de mudar de forma, igual ao que o meu pai tinha!!!

Então eu fiquei com um pouco de inveja.

Quando ela conheceu a minha mãe, minha prima não suspeitou de nada, porque só pessoas da família Diabrotic têm o poder de mudar de forma, então ela achou que a minha mãe era daquele jeito mesmo.

— Sadi, sinta-se em casa! — minha mãe disse.

O que a Sadi fez:

MAiS DO QUE SE SENTiU EM CASA

Ela começou a colocar na televisão uns filmes de terror horríveis. Não que eu tenha medo, mas a qualidade dos filmes era muito questionável.

Ela já estava me irritando, porém era a primeira pessoa da família que eu conhecia, então eu queria tentar ser um pouco legal e saber mais dela.

— Sua mãe disse que você veio fazer tratamentos médicos, está tudo bem?

— Não — ela respondeu, suspirando. — Eu comi um bolo envenenado de uma bruxa e vou morrer daqui a duas horas.

Acho que ela notou minha cara de desespero, então começou a rir e logo desmentiu.

> VIM BUSCAR ISSO NAS ELFÉTICAS-MAGNÉTICAS

> ELAS FIZERAM UM BRAÇO PODEROSÃO!

Tá. Essa resposta é bem melhor. Já estava pensando que meu sofá logo seria amaldiçoado pelo fantasma da Sadi igual aos filmes ridículos que ela vê.

E falando dos filmes ridículos, não consegui ficar calado por muito tempo e perguntei qual era a graça daquele treco.

Sério, os efeitos eram um horror. O fantasma do filme mais parecia uma pessoa usando um lençol velho e quando as luzes da casa piscavam nem davam medo, tipo, era só alguém apagando e acendendo a luz!!!

> AAAF, ENTÃO FAZ MELHOR!!!

E foi assim que eu e Sadi começamos a gravar o nosso **próprio** filme de terror. Acho que ela fez de propósito, porque já tinha uma câmera na mochila e parecia amar gravar esse tipo de coisa.

Aposto que ela só estava procurando alguém bobo o suficiente para topar gravar um filme com ela, e eu fui esse alguém.

Como ela me desafiou, é claro que eu ia fazer melhor do que todos aqueles filmes ridículos.

Isso que é um filme de verdade, aprende aí, **Floriwood!!!**

(Esse é um lugar por aqui que faz filmes famosos e com certeza faço filmes melhores do que os deles.)

A MALDIÇÃO DA PRINCESA FANTASMA

(título <u>ridículo</u> inventado pela Sadi)

Duas princesas idênticas se conhecem

Elas viram melhores amigas e decidem trocar de lugar uma com a outra

até que *REVIRAVOLTA* uma delas descobre que a outra é um fantasma!!!!!!

Como a história contava de duas princesas idênticas, minha mãe topou ajudar e a Sadi se transformou nela.

Minha mãe fingindo ser uma mãe

Sadi fingindo ser minha mãe fingindo ser uma mãe

Sério, isso até deu um bug no meu cérebro.

A Sadi era a estrela do filme, então eu tive que ficar com a câmera filmando tudo **(que conveniente, não é mesmo?)**.

E apesar de eu ter reclamado no começo, foi uma tarde divertida e eu nunca tinha imaginado que ter uma prima fosse tão legal.

Quem diria que um filme de terror iria me fazer gostar da minha prima, mas espero que ninguém nunca veja esse troço porque ficou horroroso e é uma vergonha para minha carreira.

Eu e a Sadi só jogamos a gravação no fundo da gaveta, enquanto a gente morria de rir com a minha mãe e comia biscoitinhos-estrelados, que o Senhor Amargus comprou na padaria.

Até a tartaruga-cogumelo da minha prima tinha gostado do Crocky e eles viraram bastante amigos, com o meu crocodilo fazendo um gorro para o casco da tartaruga.

Quando o dia acabou, fiquei bastante triste, porque amanhã logo cedo a Sadi vai embora e eu adorei ter alguém que me entendesse por perto.

FOTO QUE MINHA MÃE TIROU

Tomara que ela volte mais vezes! :(

DOMINGO - 17 DE JULHO

Oi, troço,

Hoje acordamos bem cedo para levar a Sadi até a estação de trem e ela voltar para a casa, mas aconteceu uma coisa que eu tive **CERTEZA ABSOLUTA** ser uma obra do Floreante Viajante.

Sério, ouve essa história, com certeza você vai chegar na mesma conclusão.

Os galos-carcarejos nem tinham cantado ainda quando eu, minha mãe e a Sadi já estávamos de pé tomando o café da manhã.

Sei lá, o dia tinha amanhecido com um cheiro estranho, um cheiro de magia, e toda hora eu tinha uns *déjà-vus* bizarros, como se aquele dia fosse importante para definir o futuro.

(Desculpa a viagem na maionese, foi o Floreante que me ensinou o que *déjà-vu* significa.)

Então, isso aconteceu:

A mochila da Sadi tinha sumido do nada, o que não fazia sentido nenhum, já que minutos antes estava em cima da cadeira.

Até parecia que a coisa tinha se ***teletransportado***.

Nesse momento eu ainda não estava desconfiando de nada. Tudo bem a mochila da Sadi ter sumido, coisas somem, mas você tinha que ver.

Nós a procuramos por cada milímetro da casa, o Crocky olhou debaixo de todas camas e móveis e até a Quarta-Feira, a tartaruga, ajudou (ou tentou, afinal ela anda muito devagar).

Depois de quase trinta minutos procurando, o Senhor Amargus avistou a mochila **EM CIMA DA ÁRVORE**.

Tá, quando eu vi isso, minha cabeça já se encheu de teorias, mas não ia julgar ninguém sem provas, então só ignorei e fomos nos preparar para sair de casa.

Pois é, a tartaruga da minha prima simplesmente tinha evaporado, e ela estava literalmente do nosso lado o tempo todo. E ela não anda rápido, então com certeza não tinha fugido.

A minha mãe, que já estava impaciente, lançou um feitiço rastreador para encontrar a tartaruga sem que a Sadi notasse e aí a encontramos.

ELA FOi RAPTADA PELOS GNOMOS!!!

Naquele momento eu olhei tão feio pro Gariberto e pro Aldemiro que os dois saíram correndo. Só sei que se a gente se atrasasse mais um pouquinho, a Sadi iria perder a viagem e o próximo trem só sairia semana que vem.

(O que eu, admito, não ia achar ruim. Eu ia adorar passar mais uma semana com a Sadi, mas ela precisava voltar para casa.)

Então nós fomos correndo até a carruagem, mas adivinha? As coisas estranhas ainda não tinham acabado, porque as rodas estavam todas quebradas.

A minha mãe estava tão nervosa que quase saiu do personagem e deixou escapar que ela é a Rainha Noturna, chamando uma das carruagens-limusines de cantora famosa dela.

Eu e o Senhor Amargus usamos a minha caixa de criações para arrumar tudo o mais rápido possível.

Quando acabamos, só faltavam vinte minutos para o trem partir e era o exato tempo que levava da minha casa até a estação, então nós tínhamos que correr.

A carruagem quase voava pela rua de tão rápido que ela andava e eu pude ver minha mãe vez ou outra sussurrando um feitiço de velocidade sem que ninguém percebesse.

Minha mãe parecia aflita para a Sadi ir embora logo, já que com a Sadi em casa ela não poderia sair do disfarce nem continuar seu plano de vilã.

Nós chegamos na estação ferroviária no exato segundo do embarque do trem e, bom, eis o que aconteceu:

DESCULPE, O TREM JÁ PARTIU BEM PARTIDO!

Primeiramente de tudo, que disfarce era aquele? Sério, uma criança de cinco anos ou até mesmo a Florentina conseguiria se disfarçar melhor, e olha que ela é **PÉSSIMA** nisso de disfarce.

E segundamente de tudo, o trem estava literalmente atrás dele.

A minha mãe, que já estava sem paciência nenhuma, só o ignorou, tirando o Floreante do caminho e levando a Sadi até o trem.

E, assim, a Sadi foi embora.

Depois que ela foi, eu precisava urgente ter uma conversa com o Floreante.

Afinal, ele era meu amigo ou meu inimigo? Porque tinha ficado mais do que claro que ele estava fazendo de tudo para estragar o nosso dia hoje!

Quando eu e minha mãe voltamos para casa, ela finalmente se jogou no sofá com sua verdadeira forma, completamente exausta por usar o poder de transformação por dois dias seguidos.

ELA FiCOU CANSADONA!

Já eu fui correndo para o jardim, procurando pelo Floreante.

O cabeção de alface estava lá, assobiando na frente da carroça dele como se não tivesse culpa nenhuma, sendo que ele tinha se esquecido de tirar o chapéu de funcionário do trem.

Sério.

Não precisei dizer nada, acho que só a minha cara já deu a entender que eu sabia de tudo, porque ele já foi logo confessando:

— Desculpão. Eu vi o futuro e ano que vem uma coisa ruim seria evitada se a Sadi ficasse aqui.

Claro que isso me surpreendeu, como é que você ouve uma coisa dessas e não fica surpreso? Eu queria saber tudo sobre a visão e como minha prima evitaria essa "coisa ruim".

— Como assim? Que coisa ruim? — perguntei.

— Digamos que uma amiga fique bem confusa ano que vem, ache que a Sadi é uma pessoa malvada, fique concentrada demais nisso e se esqueça de focar no que realmente importa.

Tá, não sei quem é que ia achar que a Sadi é uma pessoa ruim, mas eu já odeio essa pessoa!

Claro que o Floreante não quis dizer mais nada sobre o que acontecia nessa confusão que ele viu, porque de acordo com as regras **(que ele inventou)**, se alguém soubesse do futuro seria catastrófico.

Entretanto, para eu parar de insistir, ele me explicou que hoje era um dia primordial para definir um acontecimento do futuro.

Se a Sadi ficasse no centro do reino, esse grande problema seria evitado. Mas como ela foi embora, todas as coisas ruins que o Floreante viu iriam acontecer.

— Ué, é só você contar para sua amiga que a Sadi não é uma pessoa malvada — falei. — Ou até mesmo contar **QUEM** é a pessoa malvada de uma vez. Viu? Fácil!

— Não é assim que funciona. Não posso contar coisas decisivas, a magia bloqueia.

E aí ele me mostrou isso na prática:

Então ele explicou que pode apenas dar pistas, falar em enigmas, entregar objetos e dar conselhos para a pessoa descobrir sozinha.

QUE CHATICE. Qual é a graça de poder ver o futuro se isso acontece?

Mas, enfim, não tinha mais o que fazer, então o Floreante voltou para a carroça bem triste.

Não sei o que vai acontecer ano que vem, mas, pela cara dele, parece ser algo terrível.

QUARTA - 27 DE JULHO

Oi, troço,

A minha máquina ultrassônica transmissora de sons está quase pronta e eu nunca me senti tão orgulhoso de uma criação antes!

Eu vou ganhar o concurso de talentos!

E o melhor de tudo, com uma máquina que vai me ajudar a me tornar, finalmente, o príncipe!!!

Ainda preciso ensaiar a apresentação, pensar em alguma desculpa para eu ter criado essa máquina, já que falar que é para dominar Florentia não seria muito legal.

Então acho melhor eu já praticar:

¡DE¡AS PARA A APRESENTAÇÃO

~~oi, eu sou o Scorpio, e essa é minha máquina ultrassônica transmissora de sons e~~

SEM GRAÇA DEMAIS

~~oi, galera, tudo supimpesa, essa é minha pirimposa máquina~~

MUiTO FLOREANTE ViAJANTE

~~caro povo de Florentia, essa é a máquina que vai destruir o reino~~

MUiTO ViLANESCO...

Aff, acho que eu gastei todos os neurônios terminando a máquina, melhor eu ir dormir.

SEGUNDA - 1º DE AGOSTO

Oi, troço,

As aulas voltaram hoje.

Esses dias de férias no acampamento e ter conhecido minha prima até me fizeram esquecer que eu sou popular e que tenho dois "amigos" sem-noção.

Assim que eu cheguei na escola, o Burke e o Kip vieram correndo até mim, para saber todas as fofocas do acampamento. Sim, eles usaram a palavra **"fofoca"**.

Isso é tão bobo.

Queriam que eu contasse todos os detalhes, então contei: as provas, como a Duquesa Vanora quase sabotou tudo para perdemos e contei da hora que a Florentina caiu na lama.

Não foi por mal, juro, só comentei sobre o acontecido e o Burke transformou isso em um circo.

> A FLORENTINA ENVERGONHOU A ESCOLA NO ACAMPAMENTO!!!

Eu querendo que ele fechasse a boca

Fiquei com tanta vergonha disso que, quando a Florentina me viu e me cumprimentou, nem consegui dizer nada. Logo, logo ela ia saber que eu tinha contado sobre o episódio da lama.

E ELA IA ME ODIAR. PARA SEMPRE.

E, tudo bem, admito que o acampamento foi bem divertido, a Florentina provou que é inteligente, muito melhor que esses dois que eu chamo de amigos.

Porém, se eu começasse a ser amigo dela, isso ia arruinar a minha popularidade na escola, e eu demorei muito para chegar até aqui.

Era sobre isso que eu estava refletindo quando a aula começou e a Professora Nilda começou a passar um trilhão de matérias e trabalhos para fazer.

Você tinha que ver a cara da Florentina, ela estava prestes a sair correndo da sala. Era divertido olhar para ela. Digo, não de um jeito malvado. Ela é divertida mesmo sem fazer nada.

ela estava assim

EU PODERIA FICAR O DIA TODO OLHANDO

"SER AMIGO DA FLORENTINA

PRÓS	CONTRAS
— Ela é inteligente	— Não ser mais popular
— É viajada das ideias igual ao Floreante, o que é divertido	— Todos se afastariam de mim
— Ela traz doces gostosos para a escola	— Kip viraria popular no meu lugar
— Tem cheirinho de pudim de amora	— Dificultaria o plano de encontrar a Princesa Amora
— A Poeirinha é legal	— Eu seria um príncipe odiado no futuro
— Eu ia adorar ser amigo da Lila também!	— Eu seria uma desonra de vilão
— Parece ser uma amiga leal	

"RESUMO:
Não consegui decidir

Porém, se eu fosse amigo dela, meu plano iria por água abaixo. Todos os meus amigos se afastariam de mim e eu não seria mais popular, o que dificultaria as coisas para encontrar a Princesa Amora.

ESTOU TENDO UMA CRISE EXISTENCIAL.

Não consegui prestar atenção na aula pensando nisso e, em casa, continuei preocupado.

Sério, não acredito que estou me preocupando com a Florentina! **A FLORENTINA!**

A que ponto chegamos.

~~Eu gosto da Florentina~~

~~Eu não gosto da Florentina~~

~~Eu gosto da Florentina~~

~~Eu não gosto da Florentina~~

Eu não sei
AAAAAAAAAA

SÁBADO - 10 DE SETEMBRO

Oi, troço,

Se existisse um dia de maldades, seria hoje. Isso porque para o Floreante, os gnomos e para mim hoje é o clássico dia do:

FERIADO DA BAGUNÇA GNOMÍSTICA!

Todo o reino acredita que os gnomos ficam hibernando durante a estação solar e perto do dia de hoje começam a acordar e espalhar o caos por Florentia.

O que é uma grande mentira, porque os gnomos não hibernam coisa nenhuma e eles só escolheram essa data para fazer bagunça mesmo.

A regra do **Feriado da Bagunça Gnomística** é fazer o máximo de coisas se evaporarem da casa das pessoas e provocar o maior caos possível.

E, claro, eu amo esse feriado e ajudo todo ano! Mas hoje o Floreante teve uma surpresa pra mim, e **FOI O MELHOR DIA DE TODOS:**

Era o Zenobildo Oitavo →

Ele me deu um gnomo de teletransporte!

Tá, o Zenobildo Oitavo não é o gnomo mais confiável para um teletransporte, mas eu ia oficialmente me teletransportar!!!

Naquele momento, pensei que o dia não poderia ser melhor, isso porque eu conseguiria me teletransportar para o castelo e espalhar o caos por lá!

— Tá, já sei que você tá pensando em ir pro castelo atrapalhar a Beterrabinha — Floreante disse.

— E eu posso fazer isso?

— CLARO, hoje é o Feriado da Bagunça Gnomística!

Acredita que ele concordou? Não pensei duas vezes, só segurei no Zenobildo Oitavo e puf, no próximo segundo eu já estava na cozinha do castelo.

DENTRO DE UM CALDEIRÃO ENORME, QUE, POR SORTE, NÃO ESTAVA NO FOGO.

Não era bem o lugar que eu tinha imaginado, mas adorei mesmo assim.

A Senhora Dulce, avó da Florentina, não tinha acordado ainda e aproveitei para bisbilhotar a cozinha, enquanto o Zenobildo fazia sua tarefa de evaporar panelas, confeitos e talheres.

Ali tinha até uma foto feiosa do **chato** do Tritão, que eu fiz questão de dar pro Zenobildo dar um fim naquele treco. Sério, ela devia me agradecer por isso, ninguém merece ter uma foto do Tritão na cozinha.

Até que de repente o Floreante brotou na cozinha, correndo e dizendo para a gente ir embora logo, porque ele tinha mexido com a Beterrabinha.

Eu só sei que o Floreante pegou na minha mão e a gente se teletransportou de volta para a carroça.

Você tinha que ver a situação daquele lugar, estava cheio de coisas diferentes: tinha até o guarda-roupa de uma bruxa, com todas as roupas, capas e chapéus.

Tá, preciso explicar que o Floreante não fica com tudo. Depois ele devolve para cada uma das pessoas que os gnomos zoaram, então é só para espalhar o caos mesmo.

Eu já ia preparar o Zenobildo Oitavo para nosso próximo teletransporte quando notei que ele não ESTAVA LÁ!!

Gariberto

TRADUÇÃO: Ele foi parar na bota da Florentina e ela calçou!

E ISSO É HORRÍVEL!!! Todo mundo sabe que as únicas coisas que bloqueiam a magia de teletransporte dos gnomos são **botas** e **potes azuis feitos artesanalmente com argila**.

Então o Zenobildo Oitavo nunca ia conseguir se teletransportar para fora da bota da Florentina e a gente teve que iniciar uma missão de resgate.

A Florentina e a Senhora Dulce com certeza iriam para o Mercado Magical!

Não é segredo que todos de Florentia vão para o Mercado Magical comprar coisas depois dos ataques dos gnomos, e dessa vez não foi diferente: o Mercado estava cheio de pessoas desesperadas.

Até me esbarrei na bruxa dona do guarda-roupa que o Aldemiro Segundo pegou... e ela não estava nada feliz tendo que vestir uma cortina.

"TEM UM GNOMO NA MINHA BOTA!"

Zenobildo escapando da bota

    Eu já ia falar com a Florentina para manter a calma e salvar o Zenobildo, mas no próximo segundo ela já estava correndo desesperada pelo mercado.

    Isso porque, para se vingar, o Zenobildo pegou o quindim e a bolsa de moedas dela e isso foi muito engraçado.

    Claro, tive que segui-los para ver como esse caos terminaria e assistir a tudo de camarote.

    O Zenobildo corria entre as barraquinhas, teletransportava para o outro lado e a Florentina não desistiu de persegui-lo para todo canto.

    Até que os dois pararam no pátio fora do Mercado Magical, a Florentina estava prestes a pegar o Zenobildo e eu estava atrás de uma moita assistindo a tudo.

O Floreante apareceu pra salvar o Zenobildo →

E o Zenobildo brotou do meu lado!

Não ouvi o que ele disse para a Florentina, mas quase tive um troço quando vi que ele a estava levando para dentro da carroça!!!

Com certeza eu precisava bisbilhotar isso de perto, então segurei no Zenobildo e ele nos teletransportou...

PARA O ACAMPAMENTO FLOREIOS.

Depois para o jardim da casa de um ogro. Depois para o chiqueiro de um elfo-fazendeiro. Depois para o sótão abandonado de uma bruxa. Depois para...

Acho que você já entendeu que a gente ficou se teletransportando para mil lugares, até parar dentro da carroça do Floreante.

Quando cheguei, a Florentina já estava recebendo o final de uma profecia do Floreante, que dizia que ela tiraria nota dez em uma prova.

Eu estava escondido atrás da cômoda, mas pude ver o Floreante entregando um folheto misterioso para ela e depois levando a Florentina até a saída, e ela não parava de perguntar por uma tal de maldição.

Sério, não entendi, ainda mais porque depois que a Florentina foi embora, o Floreante voltou para a bola de cristal e continuou a profecia, quase que hipnotizado.

A GAROTA DO CABELO ROXO SALVARÁ A DESTRUIÇÃO MAS ANTES SALVA ELA PRECISARÁ SER ENTÃO...

O Floreante ficou pensativo e eu mais ainda, porque no exato momento entendi aquelas palavras, mas parecia absurdo demais.

A Florentina ia salvar o reino da destruição? Ou seja, do ataque da minha mãe? Mas por que a Florentina? Ela não tem nada de especial...

Só sei que o Floreante não poderia saber que ouvi uma profecia tão importante, então só segurei o Zenobildo e pedi que ele me levasse para casa.

Para a minha sorte, deu certo e me teletransportei para bem em cima do armário do meu quarto. Pelo menos, não foi para uma casa aleatória **DE NOVO.**

Agora, só consigo pensar nisso da profecia. Aquele folheto que o Floreante deu para ela deve ser algo que vai ajudá-la a salvar tudo.

E eu saber disso é perigoso, tudo agora está nas minhas mãos. Se eu quiser ser um vilão e destruir o reino, é só impedir a Florentina.

Mas não sei mais quem eu sou nem o que eu quero ser...

A FLORENTINA VAI SALVAR O REINO

Se eu impedi-la

Se eu ajudá-la

Eu viro príncipe

Florentia será salva

VILÃO

HERÓI ✗

EU QUERO MESMO ISSO?

QUEM SCORPIO DIABROTIC É?

✗

SEGUNDA - 19 DE SETEMBRO

Oi, troço,

O Gariberto Quarto e todos os outros gnomos estavam fazendo uma manifestação no meu jardim.

O motivo:

A verdade é que o Floreante tem saído muito com ela. **MUITO MESMO. TIPO TODO DIA.**

E o pior é que ela mora na região de Ninfeia, que é onde fica o lago das sereias e os gnomos não aguentam mais ficar se teletransportando para lá todos os dias.

(Se teletransportar é superfácil para eles, mas eles têm feito o maior drama.)

O Floreante conversou comigo sobre isso, dizendo que não era só por causa do romance deles, e sim porque eles estão montando uma **sociedade secreta**.

Sociedade secreta não sei do quê, aquele burbunga de pepino não quis me contar, pois adivinha?

É secreta.

Desde quando o Floreante passou a esconder coisas de mim???

Enfim, o Gariberto Quarto estava quase procurando a Senhorita Yara pelo reino para dizer muitas maldades para ela. Maldades que nem eu sou capaz de repetir, porque você já deve ter percebido que o Gariberto Quarto não é o mais educado dos gnomos.

Sério, tem palavras feias que só existem na língua dos gnomos e eu nem ousaria traduzir.

Para tentar acalmar a situação resolvi propor uma coisa que eles amam:

Procurar **rabanetes** para fazer uma Sopa Glumifloral

Depois de pegar as coisas de outras pessoas e fazer o caos pelo reino, a outra coisa favorita dos gnomos-floridos é procurar por rabanetes.

Sei lá o motivo disso, o Floreante diz que é porque os rabanetes são das mesmas cores que os gnomos: verde e vermelho, mas acho que foi só uma explicação qualquer que ele inventou. **Como sempre.**

Porém, foi só eu falar de rabanetes que todos os gnomos desistiram da manifestação anti-Yara e já pularam em mim, prontos para nossa atividade.

O Gariberto Quarto ama ficar no meu cabelo, e ele meio que se acha o líder dos outros gnomos, então toda hora gritava alguma ordem sem sentido.

Da outra vez isso de seguir as ordens do Gariberto deu o maior problema, mas hoje ele estava de bom humor, então deu tudo certo.

isso significa: TIREM O SAPATO, TERRITÓRIO RABANOSO

Não sei qual a necessidade de tirar o sapato no território dos rabanetes, como se o rabanete fosse me atacar ou algo do tipo.

Enfim, nós passamos a manhã toda colhendo rabanetes, o que foi uma ótima distração, porque nenhum gnomo se lembrou da Senhorita Yara.

Para você ter noção nem do Floreante eles se lembraram, então acho que eu sou o novo Floreante agora.

CREDO! MELHOR NÃO...

Depois de colhermos uma montanha de rabanetes, o Gariberto Quarto mais uma vez escalou meu cabelo e me cochichou uma ordem.

Agora a gente deveria fazer uma Sopa Leguminosa Fluorescente Florista Glumifloral.

Tá, você com certeza sabe exatamente a cara que eu fiz quando ouvi isso, porque era a ideia mais absurda de todas.

Primeiro, não faço ideia de como fazer essa sopa. Segundo, sou um cozinheiro horrível, e essa sopa é a coisa mais deliciosa que eu já comi na vida, então eu nunca ia conseguir fazer algo do tipo.

TÁ, iSSO É A RECEiTA QUE GARiBERTO ME DEU:

🎵 ◎ ☀ ◎ 🍯 ✧ ♥

33 rabanetes frescos
10 flores amor-perfeito
leite-glacial de coco ← *Tive que traduzir esse troço*
+ outros ingredientes secretos que ele não quis escrever

E eu fui obrigado a fazer a sopa. Isso porque quando disse que não ia conseguir todos os gnomos ficaram vermelhos de raiva e ameaçaram sumir com todas as minhas roupas do guarda-roupa.

Então não deu para fugir.

A parte boa é que gnomos-floridos são ótimos ajudantes, então Gariberto Quarto coordenava a cozinha, enquanto pedia para os outros gnomos cortarem os rabanetes, separarem os ingredientes e até lavarem as panelas.

Agora entendi por que o Floreante gosta deles. Eles são incríveis!

O cheiro na cozinha estava tão gostoso que eu estava mesmo me sentindo o maior chefe de cozinha que já pisou em Florentia. O aroma logo se espalhou por toda a casa e minha mãe veio ver o que estava acontecendo.

Assustados, os gnomos se teletransportaram, me deixando sozinho na cozinha. E se prepara, porque foi nesse momento que rolou a coisa mais bizarra do mundo.

ELA COMEÇOU A CHORAR:

Eu não entendi nada. Sério.

Minha mãe foi até a panela da sopa, com essa cara aí que eu desenhei, pegou uma tigelinha e se serviu na ordem: sopa, duas rodelas de rabanete por cima, cebolinha salpicada e uma flor de amor-perfeito no meio.

Exatamente como o Floreante serviu no outro dia.

Então ela se sentou na mesa e, quando provou a primeira colherada, foi aí que chorou de vez.

— Ele amava pegar os rabanetes com umas criaturinhas... — ela explicou.

Minha mãe não parava de chorar, porque até as rodelinhas de rabanete cortadas em formato de flor eram idênticas às que ela comia na infância.

Foi nesse momento, nesse *exato* momento, que todas as peças se encaixaram na minha cabeça.

Eu fui a pessoa mais burra do mundo, porque isso esteve debaixo do meu nariz o tempo todo... **literalmente a minha vida toda!**

A minha cabeça fervia mais do que a sopa no fogão, porque tudo fazia sentido.

O Floreante Viajante e a minha mãe SÃO IRMÃOS!

Juro que eu não pirei de vez, porque olha só: essa é a exata sopa que o meu tio fazia para a minha mãe na infância e é uma sopa que o **Floreante** criou. Ela também comentou que o irmão amava pegar rabanetes com umas criaturas.

OU SEJA, OS GNOMOS-FLORIDOS.

E claro, também teve o dia que a minha armadilha que só funcionava com a realeza conseguiu capturar o Floreante. Minha criação não estava com defeito, isso porque o Floreante é da realeza.

Ele é e sempre foi o Príncipe Pietro de Florentia.

SÉRIO, essa é a descoberta do século. Nenhum dos herdeiros da Grã-Rainha Edwina havia morrido, os dois sobreviveram e... o Pietro sempre esteve aqui.

Digo, ele sempre esteve ao lado da minha mãe. Sempre esteve comigo. Sempre esteve com a família dele.

Quando eu percebi isso, fiquei tão emocionado quanto a minha mãe, ainda mais porque ela continuava a chorar, enquanto comia mais uma tigela de sopa.

Vendo tudo aquilo só consegui ficar pensando: *Será que o Floreante sabe disso?*

Bom, eu acho que não. Ele com certeza já teria deixado escapar alguma pista que é meu tio ou que é um príncipe.

Ele também fica muito tímido com a minha mãe, como se não a conhecesse de fato. Então não deve fazer ideia de quem ele é... Como ele mesmo já me disse, ele não se lembra da infância, então não deve se lembrar de nada antes de ter sido abandonado nas flores.

EU CONTO PARA ELES OU NÃO??????

Estou refletindo nisso até agora aqui deitado na minha cama, escrevendo nesse caderno, enquanto olho pela janela as flores de Florentia brilhando longe no horizonte.

Acho que devo contar, mas preciso contar para o Floreante Viajante primeiro.

Acho que ele precisa se lembrar de quem é antes de se reencontrar com a irmã, então é isso que eu vou fazer amanhã cedinho!

TERÇA - 20 DE SETEMBRO

Oi, troço,

Depois de anos e anos sem parar com o Floreante aparecendo todo dia na minha casa, pela primeira vez, ele não apareceu.

É sério, desde os meus cinco anos ele aparece todo dia, nem que seja só para dar um oi ou apenas ser o Floreante, mas hoje não.

EU SEM SABER O QUE FAZER COM TANTO TÉDIO:

O pior é que não faço ideia do que aconteceu, porque nem o Aldemiro Segundo apareceu hoje, muito menos o Zenobildo Oitavo que, como você sabe, é péssimo em teletransporte e vivia aparecendo por acaso na minha frente.

Se o Floreante Viajante estivesse ocupado com a Yara como ontem, os gnomos já estariam aqui reclamando e fazendo mais uma manifestação, mas nada aconteceu.

O dia amanheceu normal, normal até demais.

Então decidi tirar um pouco o Floreante da cabeça e tentar conversar com a minha mãe, para tentar descobrir mais coisas sobre o passado dos dois.

Ela estava mais tranquila do que ontem, ainda mais depois de ter tomado toda a panela de sopa.

BOM DIA, FILHO!

Ela parecia de ótimo humor e não parecia nada com uma vilã.

Não sei explicar, mas ela não tinha aquela maldade exalando, só parecia a minha mãe do jeito que sempre foi. Então aproveitei para conversar.

— Mãe, meu tio era divertido?

Minha mãe riu da pergunta, acho que estava se lembrando de algum momento dos dois.

— Ele era muito... inusitado. Chamavam ele de "o príncipe mais estranho de Florentia" e eu sempre revidava jogando maldições nessas pessoas.

Tá. Eu já não tinha dúvidas e agora eu tenho muito menos. **O Floreante é mesmo o meu tio.**

—E se você soubesse que seu irmão está bem você desistiria de destruir Florentia?

O que eu perguntei a fez me olhar de um jeito diferente. Os olhos dela estavam cheios de dor, como se o que eu disse nunca fosse possível.

— Pietro se foi, Scorpio, fiquei ao lado dele tempo o suficiente para ter certeza disso...

Então ela se levantou, sem querer mais papo comigo e voltando com seu jeito amargurado, enquanto dizia que precisava se arrumar para o ensaio do Festival Outonal.

Ou seja, nem o Floreante nem minha mãe queriam papo comigo hoje.

Porém, no final do dia, encontrei algumas páginas que a minha mãe escreveu... No começo achei que eram rabiscos de uma nova música, mas você precisa ler isso:

Querido Orion,

    Ontem Scorpio fez a mesma <u>sopa de rabanetes</u> que Pietro fazia e, como um antídoto, isso fez minha consciência voltar e a maldição dentro de mim diminuir.

    Eu sinto tanta falta do **Pietro**. O Scorpio é tão parecido com ele que acho que eles seriam grandes amigos.

    Eu não sei o que está acontecendo comigo, eu <u>nunca quis ser **rainha de Florentia**,</u> mesmo quando esse reino estava destinado a mim.

    Acho que é a maldição retornando e algo nela me deixa assim. Ela tem essa capacidade de tirar a luz de qualquer pessoa e acho que agora isso está acontecendo comigo.

    Por sua causa, Orion, eu descobri que essa maldição **leva a pessoa que mais amamos**. Eu não poderia perder o Scorpio também, tentei afastá-lo de mim e agora eu estou perdendo a mim mesma.

    Eu tinha esperanças de encontrar a **Princesa Amora** a tempo, eu sou a única pessoa que sabe como essa maldição dela funciona, mas agora é tarde demais.

    A destruição já me consumiu, mas eu não faria diferente... **Eu devia minha vida a Stena** e salvar a vida da filha dela era o mínimo que eu poderia fazer.

    Só espero que, quando chegar a hora, Scorpio saiba fazer <u>a escolha correta.</u>

    Sinto sua falta mais do que as palavras são capazes de traduzir, Orion.

Sua Pandora.

Marquei o que achei estranho...

SEXTA - 30 DE SETEMBRO

Oi, troço,

Amanhã é o dia do nosso plano, o dia em que vamos pegar Florentia de volta, mas, desde que li o que a minha mãe escreveu, estou confuso.

Ela disse que não quer ser rainha de verdade e que a maldição da Princesa Amora a deixa assim.

Será que em vez de amaldiçoar a Amora, minha mãe na verdade retirou alguma maldição para salvar a vida da princesa?

E que papo é esse que a Rainha Stena salvou a vida dela? Tudo que eu li me deixou confuso e fiquei ainda mais quando vi minha mãe e ela estava desse jeito:

"VAMOS DESTRUIR O REINO!!!"

Tentei conversar, mostrar o que ela tinha escrito, até fiz sopa de rabanetes, mas ela nem me deu ideia.

Está totalmente focada no plano e em destruir Florentia e eu... **eu nem sei se quero isso mais.**

Claro que a história da minha mãe é triste e injusta, com toda certeza eu gostaria de ser o príncipe e sem dúvidas eu odeio a Princesa Amora, mas a gente precisa mesmo destruir tudo?

Eu raramente fico triste, você sabe, sou incrível demais para ficar chateado, mas hoje fui para o jardim e só consegui ficar pensativo.

Ainda tinha tudo aquilo da profecia da Florentina, que ela salvaria o reino, e eu não consigo parar de pensar em todas essas coisas.

E, para a minha surpresa, eis que de repente o Floreante brotou na minha frente.

Eu tinha tanta coisa para falar: que ele é meu tio, que é o Príncipe Pietro, mas eu tinha algo mais importante a dizer.

Não ia suportar se acontecesse algo com ele por minha culpa.

NÃO SAI DA CARROÇA AMANHÃ, TÁ BOM?

Imaginei que ele ficaria confuso e me perguntaria o motivo, mas ele não disse nada. Só se sentou do meu lado e ficou olhando para o horizonte, assim como eu.

Claro... Ele já devia saber, por causa do poder de ver o futuro.

Até o Crocky estava sentindo algo estranho e se espremeu entre nós dois, daí ficamos os três paradinhos por longos minutos, olhando o castelo de Florentia do outro lado.

Então o papo começou.

— Não se sinta culpado pelo que vai acontecer amanhã, é necessário que aconteça — ele disse.

— O que vai acontecer amanhã? — perguntei.

— Ué, a competição de pizza mais nojenta do reino na barraquinha da Dona Clotildes no Festival Outonal, o que mais seria?

Isso me fez dar uma risada sincera, mas pela cara do Floreante não era disso que ele estava falando.

— Você vai precisar tomar uma atitude que vai mudar tudo amanhã — ele completou. — Faça a coisa certa, quando tiver dúvidas. É só lembrar de mim.

Eu ia perguntar que atitude era essa que eu ia precisar tomar, mas o Floreante se levantou e começou a sacudir a grama da calça para ir embora.

Mas antes de virar as costas para mim, ele me estendeu dois saquinhos com dois frascos:

Poção Transcrevedora 2.0

Poção feita por Yara

Poção feita por Yara

Poção muda-clima

— Poção transcrevedora, joga no seu caderno antes do festival, por questões de... entretenimento.

Ouvi a explicação dele sem entender nada, por que carambolas eu ia querer jogar uma poção no meu caderno?

— A poção muda-clima você deve tomar em um teste. Ano que vem. Você vai saber quando esse dia chegar. **É importante.**

Assim que o Floreante terminou de falar, deu as costas para mim pronto para se teletransportar, mas antes eu precisava fazer algo a mais:

Disse para o Floreante levar o Crocky com ele...

E isso mais uma vez me provou que o Floreante sabia o que ia acontecer, porque ele de novo não questionou. Só concordou e pegou o Crocky, levando-o para longe.

O Crocky estava tentando fugir dos braços do Floreante para voltar para mim, o que foi triste demais.

Eu fiquei triste, de verdade, então fui até o cantinho de costura do Crocky para guardar tudo para quando ele voltasse.

E encontrei algo que me deixou mais triste ainda:

O Crocky tinha feito minha fantasia para o festival

Eu estava quase chorando quando minha mãe gritou na mansão chamando por mim.

Ela estava assustadora. Nunca a tinha visto de um jeito tão sombrio como aquele, e ela queria repassar mais e mais vezes o nosso plano de amanhã.

Então ela me contou alguns segredos das criaturas caso eu precise ajudar.

Elas só recebem ordem da realeza, então se precisar, eu posso comandá-las.

*Elas se atraem pela cor vermelha e todo mundo usa vermelho no Festival Outonal.

Talvez a Princesa Amora se revele para salvar o reino, tenho que ficar de olho.

Agora que cheguei até aqui, preciso ajudá-la. Espero que eu saiba fazer a coisa certa quando for necessário.

P.S.: Se eu não aparecer amanhã é porque eu virei pó.

SÁBADO - 1º DE OUTUBRO

Oi, troço,

Daqui a pouco é o Festival Outonal.

Espero conseguir fazer a coisa certa, mas e se eu não souber **QUE COISA CERTA É ESSA?** Como o Floreante disse, vou precisar tomar uma atitude que vai mudar tudo.

Espero que eu consiga reconhecer o que é. E, claro, deixa eu seguir o conselho dele.

Credo. Essa poção transcrevedora consegue ter um cheiro pior do que as comidas do Senhor Amargus. Será que eu devia ter jogado todo esse troço ou era só um pouquinho?

Carambolas, o Floreante não explica nada direito... Espero que isso esteja fazendo efeito mesmo.

E bom, quando olho para o meu caderno, está tudo sendo escrito exatamente como está acontecendo. É, admito, até que é legal.

— Scorpio! — Ouço a voz da minha mãe cantarolar pela mansão. — É hoje que vamos dominar Florentia.

Quando ela aparece na minha frente, está assustadora como nunca. Usando um vestido preto brilhante, com os cabelos soltos e os olhos praticamente em chamas.

De acordo com o plano, agora ela vai até as masmorras lutar contra a Rainha Stena e recuperar os ovos das criaturas. Pela cara dela, ela não vai desistir até conseguir tudo.

Só concordo com a cabeça e ela sai, entrando na carruagem. Eu vou até o sótão, seguir a minha parte do plano.

A máquina transmissora de sons está do mesmo jeito de sempre, já eu não poderia estar mais diferente.

Estava ansioso para colocar esse troço logo em ação, destruir Florentia e virar um príncipe, mas agora nem sei mais o que quero.

Enquanto ajudo o Sr. Amargus a colocar a máquina na carruagem, entro nela para ir ao festival e depois a deixo nos bastidores do palco. Eu me sinto um robô, fazendo tudo isso no automático.

O Festival Outonal está feliz como sempre, com toda decoração de sempre com abóboras, fantasmas e as pessoas com fantasias assustadoras.

Todos estão tão felizes que não consigo olhar para tudo isso sabendo o que logo vai acontecer.

Admito que estou me sentindo um *burbunga de pepino*, então acho melhor tentar me distrair e logo encontro a distração perfeita: a barraquinha do suco de pudim de amora!

A barraquinha pertence aos ogros, e eles fazem os sucos esmagando as frutas no soco. Maneiro, eu sei. E tá, um pouco nojento também, mas quem liga?

Esse suco é bem raro e só tem aqui no Festival Outonal, então a fila está enorme. E você não vai acreditar quem é que está na minha frente: **a Florentina.**

Será que eu falo com ela? Tá, eu não deveria, mas só de estar perto dela já fico mais calmo, então talvez assim eu me sinta melhor.

> SÓ VOCÊ MESMO PRA GOSTAR DESSA COISA NOJENTA

> NÃO FALA COMIGO!

> AS PESSOAS VÃO ACHAR QUE SOMOS AMIGOS

Sério? Essa *burbunga de pepino* não percebeu que eu também estava na fila e que eu tinha tentado ser engraçado e irônico, e não **maldoso**???

PORQUE EU TAMBÉM GOSTO DESSA COISA NOJENTA!!!

Eu já estava me sentindo mal e depois dessa eu estou pior ainda, nem quero ficar mais nessa fila. Mas, para minha salvação, logo começam a chamar no palco os inscritos para o Concurso de Talentos.

E, carambolas, perto do palco tem tanta gente sem noção, que sério, eu tenho certeza de que vou ganhar esse troço. Para você ter ideia, tem até um garoto que vai apresentar arrotos **(???)**.

E meus "amigos" não estão longe das esquisitices: Kip podia jurar que é lindo demais para isso não ser um dom, e o Burke faria cem flexões no palco.

Acredite se quiser, mesmo com tantas coisas bizarras aqui nos bastidores, nada supera o que aconteceu no ano anterior.

Depois disso, até surgiu um lema: *o que aconteceu no festival passado, fica no festival passado.*

Por causa do lema, todo mundo se recusa a contar o que aconteceu, mas como não sigo regras, lá vai:

Um cara apresentou arremesso a distância de **esterco**, a mira dele era péssima e caiu na plateia toda

Enquanto me lembro desse momento ultraconstrangedor, o Tritão chega nos bastidores, abraçando o Kip e espalhando toda a sua simpatia irritante para todos os lados.

Tento fugir da toxicidade dele indo para o canto mais afastado dos bastidores, até que ali, escondida também, encontro a Lila.

Ela está rodeada de pequenos dragões que nunca vi na vida.

— Tô me escondendo com os dragões-libélulas. — Ela ri. — Eles são tímidos.

Apesar de as criaturinhas serem tímidas, não fogem quando me veem. Na verdade, começam a me rodear, como se eu fosse a pessoa mais confiável do mundo.

> ELES SÓ CONFIAM EM QUEM TEM UM CORAÇÃO GENTIL

Isso quase me faz rir pela ironia, porque eu estava prestes a ajudar uma vilã a destruir tudo. *Como eu poderia ter um coração gentil???*

Até que de repente um dragão-libélula bem tímido para de voar ao meu redor e volta para a Lila, sussurrando algo no ouvido dela.

— Não faz sentido, mas ele pediu para eu te falar que... — Ela ri. — *Que fazer a coisa certa é tão fácil quanto comer uma sobremesa antes do almoço.*

Eu rio também, porque apesar de ser uma frase digna do Floreante, fez todo o sentido.

Estou prestes a responder quando chamam o nome da Lila no palco.

— Vou torcer para vocês ganharem essa coisa — falo com sinceridade, e um dragão-libélula lambe minha bochecha, o que faz eu e a Lila rirmos.

A Lila vai para o palco e tudo que consigo pensar é no conselho do dragãozinho.

Não consigo ver a apresentação daqui, mas ouço as palmas e os gritos da plateia.

— E agora abram alas para Scorpio e a máquina ultrassônica transmissora de sons.

É isso. Chegou a hora. E eu tomei minha decisão.

Quando subo no palco, minha máquina já está a postos. É com isso que minha mãe vai fazer a voz dela ecoar por toda a Florentia e controlar todo o reino.

Como a máquina já está aqui, não consigo fazer nada para impedir que ela a use para o mal, mas quando meus olhos encontram a Florentina na plateia tenho uma ideia.

Tento explicar com o máximo de detalhes como a máquina funciona, para que, quando a destruição começar, a Florentina saiba que é só destruir esse troço.

Só que aquela cabeça de vento não me ajuda, afinal está quase cochilando e não para de bocejar.

ANDA, FLORENTiNA. TÔ TENTANDO TE AJUDAR!

Quando acabo de explicar tudo, meu coração está tão acelerado que só consigo voltar para os bastidores e ficar pensando se expliquei tudo direito.

Estou tão preocupado que nem vejo o tempo passar, até que o Tritão chama os competidores de volta ao palco.

Todo mundo aplaude, e o competidor mais aplaudido é nomeado o melhor de todos. Eu não poderia ligar menos para isso agora e não é surpresa nenhuma quando a Lila e os dragões-libélulas são anunciados como os vencedores.

Ao ver todo mundo alegre, só consigo me sentir pior, porque logo toda essa alegria vai acabar.

Voltando para os bastidores, meus olhos se cruzam com os da minha mãe. Ela está pronta para subir no palco, enquanto o Tritão a anuncia para a multidão. Ou seja, conseguiu derrotar a Stena e trazer as criaturas.

Ela me dá uma última olhada com frieza antes de começar a cantar uma canção de ninar triste e caminhar até o palco.

Ao meu redor, criaturas de fumaça começam a aparecer, seguindo a minha mãe, e essa cena me faz estremecer. Quando os ovos foram criados eu não imaginei que as criaturas seriam tão assustadoras, mas são.

Estão tão hipnotizadas pela voz da minha mãe e a seguem, passando ao meu redor e ignorando a minha presença.

É agora. Durante todo o ano, contei os dias para esse momento, mas agora o meu plano é completamente diferente.

— Florentia, chegou o dia de vocês conhecerem sua verdadeira rainha... — A voz da minha mãe estremece o ar, enquanto obrigo as minhas pernas a se mexerem para fora do palco e voltarem para o festival.

Eu posso controlar os lobos e impedir que a destruição seja maior

Procuro a Florentina e tento ajudá-la a salvar tudo

NÃO É O **MELHOR PLANO** DE TODOS, MAS É TUDO QUE EU TENHO.

A voz da minha mãe está ecoando por toda a Florentia graças à minha máquina, enquanto ela revela toda a verdade: a Grã-Rainha é um monstro que mentiu para todo o reino e ela é, na verdade, a Princesa Pandora de Florentia.

Quando contorno o palco e me junto à multidão, noto que a minha mãe aprisionou a própria Edwina, que também está no palco, presa por um feitiço.

Toda a plateia e toda a Florentia ficam sem respirar ao notar a cara de vergonha da Edwina, o que revela que a minha mãe não está mentindo. Quase fico com pena da "minha avó". Quase.

Não quero mais destruir Florentia, mas o que a Edwina fez foi uma das coisas mais horríveis e toda a Florentia parece concluir o mesmo quando minha mãe termina de contar a história.

— Corra, Florentia, porque isso não vai acabar nada bem — minha mãe finaliza.

A voz dela é alta e poderosa, o que faz todos os lobos de fumaça se transformarem em cobras monstruosas e pularem na direção da plateia, prontas para acabar com tudo.

A destruição começou.

Todas as pessoas começam a correr, e eu me sinto ser empurrado de um lado para o outro enquanto luto para encontrar a Florentina em meio a toda a confusão.

Não demora para a fumaça tomar conta da praça e dificultar ainda mais as coisas. Vai ser impossível encontrar a Florentina em meio a tudo isso.

Se eu fosse ela, o que eu faria? Fugir? Não, ela não é do tipo que foge.

E a reposta vem na minha cabeça tão rápido quanto um sopro, então eu mando meus pés correrem. A Florentina só pode estar indo se encontrar com a Lila, que, no momento que tudo começou, estava no estande de fotos, por ser a vencedora do concurso.

Observo as criaturas correrem ao redor, espalhando o caos, quebrando todas as construções e incendiando tudo pelo caminho. A voz da minha mãe ecoa cada vez mais alto, controlando as criaturas e as deixando ainda mais raivosas.

Até que ouço uma grande explosão ao meu lado e o chão treme.

Quando meus olhos se acostumam com a claridade, noto que tem uma pessoa caída. Eu chamaria de destino, mas não tenho tempo para essa bobeira, porque ali está a Florentina.

Prestes a ser destruída por uma das criaturas, que agora tem a forma de um enorme lobo assustador.

A profecia do Floreante. *A garota do cabelo roxo salvará a destruição, mas antes salva ela precisará ser então.*

Esse é o momento. Se eu quiser virar o Príncipe de Florentia, basta deixar a Florentina ser devorada pelo lobo e todo o reino vai ser meu. **Seria tão fácil...**

Mas então me lembro dos dragões-libélulas, do Floreante, da carta da minha mãe. Eu *preciso* escolher a coisa certa e... é fácil.

Porque eu também quero isso.

O lobo rosna para a Florentina, que nem consegue manter os olhos abertos, e começa a correr em direção a ela.

Eu me junto ao lobo e começo a correr também, e no último segundo me jogo na frente da criatura, ficando entre ele e a Florentina.

Os olhos de fogo da criatura me encaram com ódio.

— Eu sou o Príncipe Scorpio de Florentia e você obedece a mim agora! — eu ordeno, e a criatura me reverencia. — Você não vai ferir ninguém. Saia!

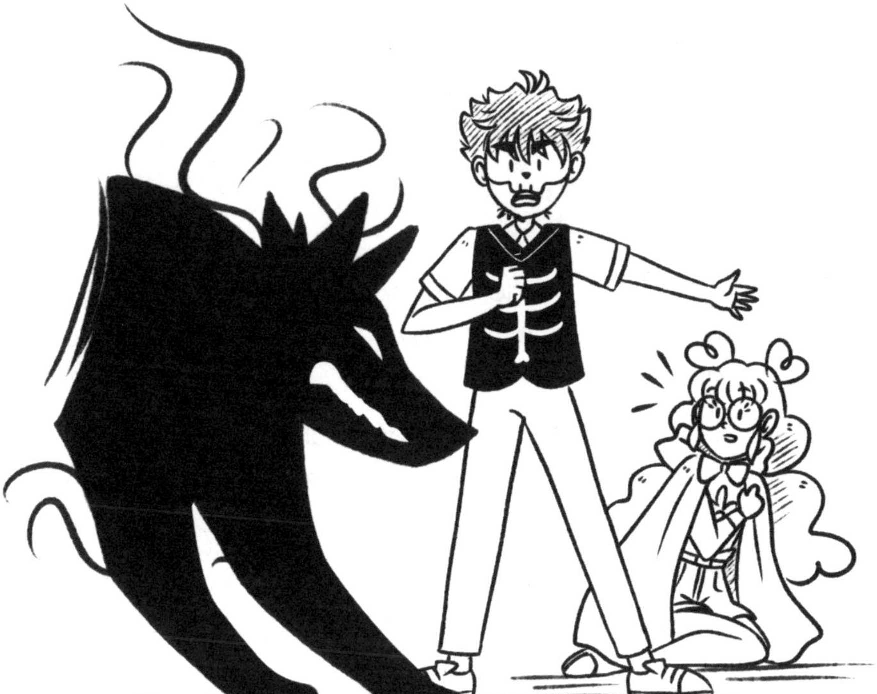

O lobo de fumaça se afasta obedecendo, hipnotizado, e eu aproveito para ajudar a Florentina a se levantar. E, acredite, ela está usando uma enorme capa vermelha.

— Tira essa capa ridícula, eles se orientam pela cor vermelha — digo a ela.

Ela está tão atordoada que acho que nem ouviu meu conselho, então eu só jogo a capa longe. Ela também não deve ter ouvido que sou o Príncipe de Florentia, melhor assim.

Aproveito, então, para sumir em meio à fumaça.

Isso era tudo que eu precisava fazer. Era a coisa certa. Agora preciso continuar ajudando o reino, para que menos pessoas se machuquem até que chegue a hora da Florentina salvar todo mundo.

Espero que ela seja rápida.

Tento chamar atenção de outros lobos, para ordenar que parem de atacar, mas eles estão tão raivosos espalhando o caos que nem sequer olham na minha direção.

Essa é a hora perfeita para eu tirar o colar e desejar ter um poder de ver através da fumaça, sei lá, qualquer coisa que me ajude nessa bagunça.

Tento, mas mais uma vez nada acontece. Tenho o poder mais inútil de todos, então é melhor parar de tentar usar isso e fazer algo de verdade.

Meus pés correm, enquanto tento encontrar alguma solução, alguma forma de ser útil, até que esbarro nas últimas pessoas que esperava ver no meio dessa bagunça.

Na minha frente estão o Floreante Viajante, a Senhorita Yara, um garoto que nunca vi na vida, mas que misteriosamente parece uma cópia da Lila, e um tritão ao lado dele.

ELES ESTÃO BASTANTE MACHUCADOS...

— Scorpio, Sociedade Floreios. Sociedade Floreios, Scorpio — Floreante apresenta com calma, como se Florentia não estivesse um caos.

Então essa é a sociedade secreta que esse *burbunga de pepino* estava fazendo. E quem são esses dois outros meninos? Por que estão na sociedade e eu não?

— Floreante, o barril já foi empurrado pelos meus cálculos — diz o menino que se parece com a Lila, como se fosse um código secreto. — Suco espatifado, em breve.

Antes que alguém pudesse me explicar o que eles estavam fazendo, todo o chão começa a se chacoalhar, como se um terremoto estivesse começando, mas não. São apenas os lobos, que agora estão correndo a toda velocidade em direção ao centro do reino.

Se isso acontecer, a destruição vai ser maior ainda.

— Estou sentindo meus lobos irritados. — A voz da minha mãe ecoa graças à máquina. — A pessoa que está tentando dar uma de herói vai pagar caro por isso!

É isso, aposto que a Florentina está fazendo a parte dela na profecia!

Queria chegar mais perto, olhar para o palco, e ter certeza de que a Florentina entendeu certo que tudo que ela precisa fazer é destruir a minha máquina. Mas o Floreante já estava segurando meu braço, me levando para longe.

A GENTE NÃO PODIA MAIS FICAR ALI

Enquanto o Floreante e a Sociedade Floreios me guiam para longe da bagunça, começo a perceber o quanto tudo está silencioso.

Silencioso até demais. Sem a voz da minha mãe cantando, cantarolando, bravejando, ou seja, a minha máquina tinha parado de funcionar.

A Florentina tinha entendido! Sério, eu queria dar um abraço forte nela agora.

— Suco espatifado, Flore — o menino diz novamente. — Ele precisa sair daqui, agora.

Espera aí... *Suco espatifado* e a máquina tinha acabado de parar de funcionar. Será que a Florentina usou o suco de pudim de amora para destruir minha máquina?

ISSO FOI GENIAL!

Minha cabeça está funcionando a todo vapor para ligar os pontos e eu demoro um pouco para perceber o que eles estão tentando fazer: querem me tirar logo da praça.

Há algo que eles não querem que eu veja.

Tudo em seguida acontece tão rápido que nem consigo processar direito: vejo uma silhueta em cima de um dos lobos, enquanto a criatura corre o mais rápido que consegue.

A fumaça é tanta que não consigo ver a pessoa, apenas um borrão, mas ela é determinada e o fato de estar montando em um dos lobos me faz entender tudo.

Essa pessoa só pode ser da realeza, só pode ser a Princesa Amora.

Tento ver o rosto dela, é tudo que eu MAIS quero, mas pela fumaça não consigo ver nada. Até que noto que a minha mãe está indo atrás dela.

Neste momento, o Gariberto Quarto e o Aldemiro Segundo aparecem na minha frente, prontos para nos teletransportar para longe, mas eu não quero.

PRECISO VER QUEM É A PRINCESA. Então eu me desprendo do braço do Floreante e corro para dentro da fumaça para que ele não consiga me tirar dali.

Corro o suficiente para encontrar a minha mãe na fumaça, pronta para se aproximar da princesa também. Ela parece hipnotizada, tento sacudi-la, mas ela nem sequer nota que eu estou do lado dela.

E antes que eu possa fazer mais alguma coisa, ouço uma voz ecoar distante:

— EU SOU A PRINCESA AMORA DE FLORENTIA E ORDENO QUE VOCÊS OBEDEÇAM A MIM AGORA!

A Princesa Amora se revelou para controlar os lobos. Não consigo ver a cena, isso porque do meu lado acontece algo ainda mais assustador.

UMA MAGIA VERDE COMEÇOU A SAIR DELA:

É uma magia sufocante e cheia de veneno, tão forte que começa a me infectar. Estou prestes a desmaiar, até que o Zenobildo Oitavo aparece e se teletransporta comigo para longe da bagunça.

Sério, justo quando eu não queria que o poder dele funcionasse direito, ele vai lá e finalmente consegue se teletransportar da forma certa.

Isso porque eu broto ao lado do Floreante, da Senhorita Yara e dos dois meninos, que estão em um ponto da praça bem longe da confusão.

Dessa distância, não consigo ver nada, até que de repente, uma enorme luz explode.

É claro demais, forte demais e a última coisa que eu sinto é meu corpo batendo em alguma coisa.

Meus pensamentos fervem sem parar. Esse poder veio da Princesa Amora, não acredito que ela atacou a minha mãe sem nenhuma piedade.

Essa princesa é um monstro!

A minha mãe salvou a vida dela, tirou a maldição dela, minha mãe perdeu tudo por causa da maldição da Princesa Amora.

Eu estou prestes a xingar a princesa de todos os xingamentos possíveis, até que a escuridão chega e preenche tudo.

Eu e Zenobildo Oitavo te trouxemos para casa depois de toda bagunça, estou orgulhoso de você!

Gosto de você igual um lagarto-panqueca gosta de chapéu!

—*Floreante*

DOMINGO - 2 DE OUTUBRO

Oi, troço,

Hoje Florentia amanheceu aos pedaços, e eu também estou um pouco machucado, mas você sabe, poderia ser pior.

A Florentina conseguiu salvar todo mundo, minha mãe fugiu a tempo de não ser capturada pelas guerreiras e pela Edwina, então estou feliz que tudo não acabou em um desastre.

Além disso, algo muito estranho aconteceu: por causa daquela magia maligna que a Princesa Amora soltou, várias pessoas por Florentia amanheceram hoje com superpoderes.

O Senhor Amargus pode criar **invenções** só com o pensamento

O curioso é que ninguém se lembra de **NADA** do que aconteceu no festival. Toda a Florentia amanheceu bem confusa vendo o reino aos pedaços e a Rainha Stena tem prometido explicações na televisão.

Eu sei a verdade, não me esqueci de nada, e queria mais do que tudo ter visto a cara da Princesa Amora naquele momento em que ela se revelou.

Não sei qual o poder dela, mas seja lá o que aconteceu, ela é poderosa. E de alguma forma isso faz com que eu a odeie ainda mais.

Ainda mais por ela ter atacado a minha mãe daquela forma!

A única coisa boa disso tudo é que essa é a oportunidade perfeita para eu revelar que tenho poderes. Ninguém vai desconfiar de nada e, na verdade, eu já estava cansado de me esconder.

Scorpio superpoderoso, em breve

Eu estava treinando meus poderes, até que o Zenobildo Oitavo se teletransportou bem na frente do meu nariz. Já estava achando que ele tinha errado o teletransporte de novo, mas não.

Isso porque ele disse que é meu gnomo agora e que podia ficar comigo! **SIM.** O Floreante tinha deixado esse presente para mim, o que fez o meu dia mil vezes mais feliz.

E eu sabia exatamente aonde ir, então segurei o Zenobildo nas mãos e me teletransportei.

A enfermaria do castelo de Florentia é mais colorida do que eu imaginei que seria e não demorou para encontrar aquele cabelo roxo fluorescente.

E, bom, dessa vez eu fiquei feliz em vê-lo.

A Florentina ainda estava dormindo, com o braço quebrado e vários machucados pelo corpo, mas ela conseguiu. Ela salvou Florentia.

Tá, a Princesa Amora também apareceu, mas tudo que ela fez foi querer lutar contra a minha mãe. **EU. ODEIO. ELA.**

Queria ter visto o rosto dela, mas não consegui. Enfim, isso nem importa mais. Só fico feliz que a Florentina esteja bem, porque foi graças a ela que Florentia foi salva, então é a Florentina quem merece os aplausos por aqui.

Na cômoda ao lado da maca dela havia vários desenhos da Olivia, bilhetes da Senhora Dulce e mais e mais flores.

Eu estava distraído com tudo, até que de repente alguém brotou do meu lado em um passe de mágica.

> SCORPIO? AH, UM GNOMO-FLORIDO, MUITO ESPERTO

Já comecei a pensar que a rainha ia chamar as guerreiras e me jogar para fora do castelo, mas não. Aconteceu algo mais estranho ainda.

— Não se preocupe, vou proteger sua mãe. — Foi o que ela disse. — Te prometo.

Tá, eu não entendi nada. A minha mãe não tinha destruído tudo? E isso não era ir contra as leis de Florentia?

Acho que ela percebeu a minha cara e explicou:

— Eu e ela temos um elo difícil de quebrar.

A Stena, então, balançou as mãos lançando uma pequena magia e ali uma foto surgiu. Ela colocou a foto nas minhas mãos e saiu, me deixando sozinho com a Florentina de novo.

E olha essa foto:

Essa é a minha mãe e a Stena?

Passei longos minutos analisando a foto, até que notei algumas coisas importantes.

Na foto, minha mãe não tinha asas nem usava roupa de princesa, ou seja, isso foi depois que ela foi abandonada nas flores. E o cabelo no rosto pode ser para esconder as queimaduras.

Já a Stena estava com roupas velhas e sujas, então isso foi antes de ela ser adotada pela Senhora Dulce.

Quase caio para trás quando ligo os pontos:

A STENA E A MINHA MÃE ERAM AMIGAS!

Será que a Stena ajudou a minha mãe depois que ela foi jogada nas flores venenosas? Faz todo o sentido, porque minha mãe disse que devia a vida à Stena.

Carambolapimpas... Cada dia que passa eu tenho mais certeza de que eu não sei de nada.

SÁBADO - 29 DE OUTUBRO

Oi, troço,

Hoje o dia está sendo solitário, como os outros.

No jardim escrevendo

Zenobildo Oitavo

Sem o Crocky

Sem o Floreante

100% ABANDONADO

Hoje é o aniversário da minha mãe e como nós descobrimos que o Floreante Viajante na verdade sempre foi meu tio, o Pietro, hoje também é o aniversário dele.

Bem quando eu finalmente descobri o dia que ele faz aniversário, eu não pude comemorar com ele. Todos os outros anos, quando eu perguntava, ele apenas dizia que o aniversário dele era em 40 de onzembro.

Sim, não existe mês onzembro.

O Senhor Amargus é a única pessoa que eu tenho agora e até que tem sido divertido passar as tardes com ele, com esse novo superpoder de invenções.

Mas eu sinto falta dos papos que só o Floreante tinha, ou ouvir minha mãe cantando pela casa..

Espero que os dois estejam bem e seguros.

X X X

Oi, troço, você não vai acreditar: a minha mãe veio me ver!

EU ESTAVA COM TANTA SAUDADE...

Ela me disse que está bem e está sendo cuidada por nada mais nada menos do que a sociedade secreta do Floreante Viajante e ouvir isso quase me fez chorar.

O Pietro continua cuidando da irmã, mesmo que os dois ainda não saibam que são irmãos.

Eu queria contar para a minha mãe, mas nós não tínhamos muito tempo porque ela já foi se despedindo de mim e me entregando um bilhete.

Todo o reino logo estaria coberto com cartazes a declarando como vilã de Florentia, então ela precisava sumir o mais rápido possível.

Você sabe, minha mãe pode mudar de forma, mas algo no festival a deixou muito fraca e ela não estava conseguindo usar seus poderes direito.

Aposto que foi aquela magia que a Princesa Amora, aquela **ridícula**, jogou nela.

Então, em um último abraço, o Gariberto Quarto apareceu, a teletransportando para longe.

O bilhete dela dizia:

Lembra do meu disfarce de professora? Bem, será útil agora e logo vamos nos reencontrar, meu filho.

Você sabe como me reconhecer.
Amo você!

E, bom, do outro lado tinha um recado do Floreante:

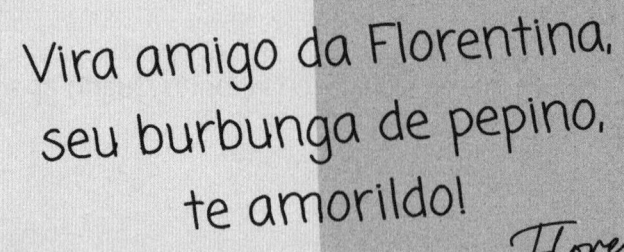

> Vira amigo da Florentina, seu burbunga de pepino, te amorildo!
>
> Floreante

Não sei como vão ser as coisas agora, mas, se o Floreante está cuidando de tudo, eu sei que tudo vai acabar bem.

Só espero que um dia todos nós possamos ficar finalmente juntos.

E a Florentina? Bom, acho que depois de tudo o que aconteceu, eu e ela podemos ser amigos. Quem sabe...

Tudo que eu sei é que essa história deve estar longe de acabar.

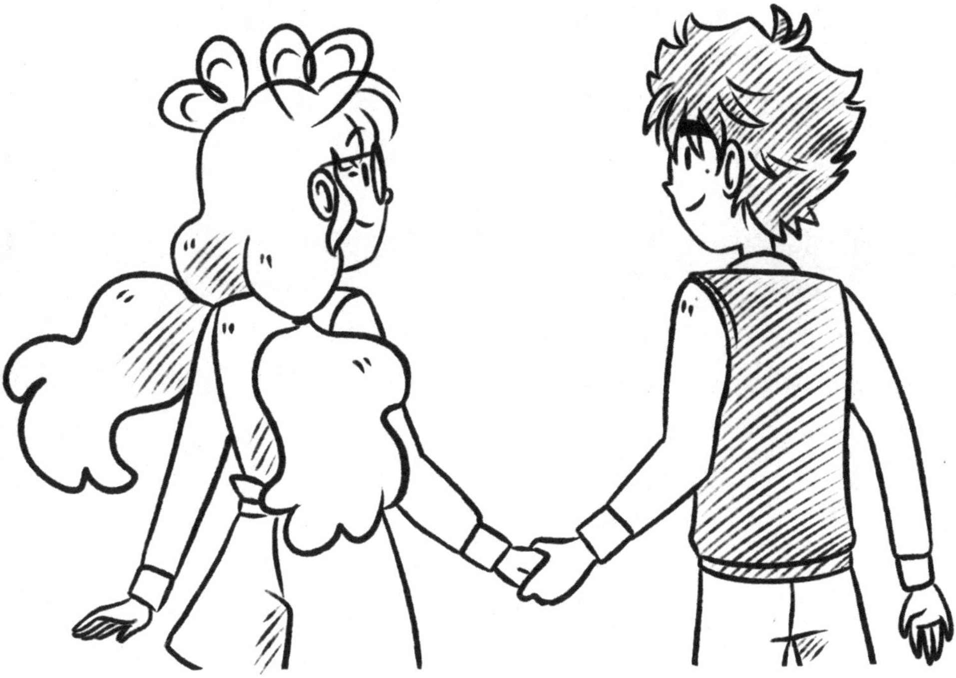

AGRADECIMENTOS DA MAIDY

É surreal escrever sobre o universo de Florentia e mais surreal e mágico ainda saber que tudo isso é graças ao amor dos que amam essa história. Obrigada, <u>você</u>, por amar tanto esse universo!

Agradeço aos meus editores, **Gabriela Mendizabal** e **Felipe Brandão**, por sempre apoiarem o universo de Florentia a crescer mais e mais; e a toda a equipe da **Editora Planeta** por sempre realizar o trabalho mais perfeito de todos! É uma honra trabalhar com vocês!

Renata de Souza, por criar os desenhos mais lindos e contribuir para que essa história seja ainda mais divertida (e que criou esse estilo do Scorpio superlegal!).

Minha amiga, **Nathalia**, que leu o primeiro rascunho da história e riu com todas falas do Floreante; aos meus pais, por todo apoio; **Igor Ludgero**, por sempre amar o que eu escrevo e me apoiar nisso desde o começo!

E bom, agora preciso ir que Floreante Viajante me trouxe o terceiro diário da Amora!!! Em breve **O Diário de uma Princesa Desastrada 3** estará nas suas mãos também e <u>SEGREDO</u>: uma nova princesa vai aparecer....
Isso é tudo que eu digo *hihi*

Ah, Scorpio e Amora? Eles têm momentos bem fofos...... Não digo mais nada. - Floreante

Leia também

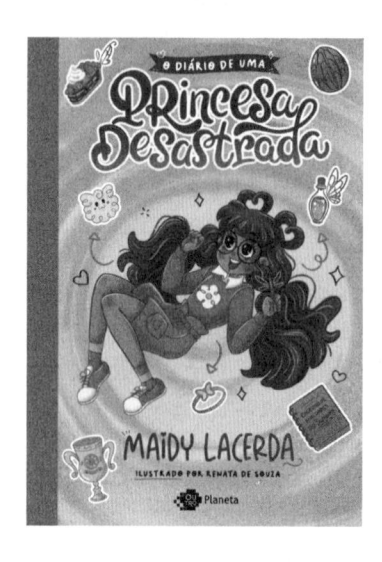

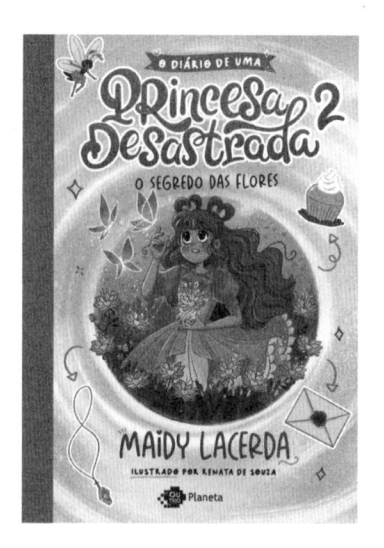

**Acreditamos
nos livros**

Este livro foi composto em Short Stack e impresso pela Geográfica para a Editora Planeta do Brasil em abril de 2024.